방학여행 호주

방학여행 호주

아이 둘과 함께 떠난 24일간의 건강한 자연 탐방기

초 판 1쇄 2025년 12월 31일

지은이 Summer
펴낸이 류종렬

펴낸곳 미다스북스
본부장 임종익
편집장 이다경, 김가영
디자인 임인영, 윤가희
책임진행 안채원, 이예나, 김요섭, 김은진, 국소리

등록 2001년 3월 21일 제2001-000040호
주소 서울시 마포구 양화로 133 서교타워 711호
전화 02) 322-7802~3
팩스 02) 6007-1845
블로그 http://blog.naver.com/midasbooks
전자주소 midasbooks@hanmail.net
페이스북 https://www.facebook.com/midasbooks425
인스타그램 https://www.instagram.com/midasbooks

ISBN 979-11-7355-636-4 03810

값 19,500원

미다스북스는 다음세대에게 필요한 지혜와 교양을 생각합니다.

아이 둘과 함께 떠난 24일간의 건강한 자연 탐방기

방학여행

호 주

Summer 지음

미다스북스

Side Story

눈부시게 아름다운 골드코스트 Gold Coast

기대하지 않아서 더욱 찬란했던 해변

Chapter 2

세상에서 가장 멋진 수도 캔버라 Canberra

여백의 미가 살아 있는 고요한 숲의 도시

Chapter 3

시드니가 시드니 했다 Sydney

번잡한 도시에서 되찾은 진정한 행복

오페라 하우스

#시드니

서퍼스 파라다이스 비치

#골드코스트

론파인 코알라 생츄어리

#브리즈번

여행을
준비하는 시간

론파인 코알라 생츄어리

#브리즈번

#1

대학에 합격하고 생각보다 따분한 1학기를 보낸 후, 친구와 해외여행을 계획했다. 보수적인 집안에서 자라온 나는 자유여행은 아예 꿈도 못 꿨고 안전이 보장되는 패키지여행을 택했다. 여행사의 상품을 살펴보던 중, 생 뚱맞게도 먼 나라가 눈에 띄었다. 시드니 3박, 골드코스트 1박 총 4박 6일 일정이었다. 당시만 해도 해외여행을 간다 하면, 장기로는 대학생들의 유럽 배낭여행, 단기로는 3~5박 정도의 동남아 패키지여행이 전부였다. 어처구니없는 짧은 일정이었지만 그저 1학년 1학기를 별 탈 없이 잘 보냈다는 스스로의 칭찬이랍시고, 여행을 떠났다. 시드니의 오페라 하우스, 하버 브리지, 블루마운틴, 그리고 골드코스트의 해변이 머릿속에 희미하게 남았다. 그다지 특별하지는 않았다. 하긴, 사전지식이 전혀 없었던 채로 가이드만 따라 다녔으니 그럴 만도 하다. 호주를 온전히 느꼈다기보다는, '땅을 한 번 밟아봤구나.' 하는 정도였다.

#2

지인과 이런저런 이야기를 하던 도중 그녀의 경험담을 들었다.

"어릴 때 호주에서 수영 선수 생활을 했어요. 처음 갔을 때 동양인은 저 한 명뿐이었는데요. 제가 수영장에 들어가자마자 안에 있던 호주 애들이 찡그리며 다 풀장 밖으로 나가 버렸어요."

어머나, 세상에. 어린 나이에 얼마나 상처를 받았을까. 그녀는 아직도 상처가 지워지지 않았는지 입술을 파르르 떨었다.

그 당시 나는 어린 딸과 갓 태어난 아들을 힘겹게 돌보고 있었던 터라, 해외여행은커녕 국내여행조차 생각지 못하고 있었다. 그녀의 말은 큰 충격이었다. 세상에, 호주는 인종차별이 심한 나라구나. 내가 패키지여행으로 다녀와서 직접 경험하진 않았나 보다. 절대 안 가야겠다. 그렇게 호주는 점점 잊혀 갔다.

#3

점점 커가는 우리 아이들을 위해 열심히 도서관에 다녔고 나름 좋은 장소를 보여주려 애썼다. 이 세상의 가장 진귀한 교육은 직접 경험해 보는 것이다. 참교육을 위해 학원이 아닌 숲이나 박물관, 도서관, 놀이터로 갔다. 우리 동네에 기적의 놀이터[1]가 있다는 사실을 알게 된 후부터는 여러 기적

1　정흔화된 놀이터의 모습에서 벗어난, 아이들의 창의력과 상상력을 자극하여 자율적으로 놀이를 즐길 수 있는 문화 공간이자 놀이터. 현재 전남 순천시와 전북 정읍시에 있다.

의 놀이터를 찾아다녔다. 무료로 진행되는 공공 프로그램을 열정적으로 신청했으며 학습과 관련된 사교육은 시키지 않았다.

심지 굳은 엄마의 알찬 방식으로 아이들은 몸도, 마음도 건강하게 자라고 있었다. 코로나가 잠잠해 질 무렵, 첫째 아홉 살, 둘째 여섯 살이 되던 해에 처음으로 해외 장기여행을 시작했고 여태껏 도전한 나라는 말레이시아, 싱가포르, 베트남, 인도네시아가 되겠다. 우리나라와는 다른 인종, 풍경, 문화를 접하며 그들이 더욱더 성장했으리라 감히 짐작해 본다.

지금까지는 어린 나이를 고려해 우리나라에서 멀지 않은 나라를 골라 여행했다. 동남아시아의 나라들을 안전하게 여행해 보고 나서는, '이제 조금 더 먼 나라에 도전해도 되지 않을까?' 하는 생각이 문득문득 들었다. 그러던 차에 한국과 시차가 거의 없는 호주가 불현듯 떠올랐다. 아이들과 함께하는 호주여행은 어떨까?

인종차별이 심한 나라

영국 죄수들의 유배지였던 나라

백인이 많은 나라

코알라, 캥거루를 볼 수 있는 나라

진지한 고민 없이 떠오른 막연한 생각이다. 가장 두려운 것은 인종차별이다. 나는 영어로 내 의견을 나름 자유롭게 표현할 정도의 실력은 되지만,

인종차별은 영어 구사 능력과 상관없이 내 생김새로 인해 겪게 된다. 한동안 망설였다. 소중한 아이들과 더 넓은 세상을 탐험해 보고 싶은데 과연 그럴 수 있을까?

다녀와 본 지인들에게 조언을 구하고 인터넷 정보를 찾아본 결과, 인종차별은 예전만큼 심하지 않다는 사실을 알게 되었다. 영국 출신의 이민자들이 대다수이던 시절, 호주는 백호주의 정책으로 인해 백인 우월주의가 굉장히 강한 나라였다. 그러나 면적 대비 인구가 현저히 적은 탓에 노동력이 아주 귀해서, 점점 타국으로부터의 이민을 적극 장려하게 되었단다. 또 현재 이민자들은 인종차별 금지법의 울타리 안에서 법적으로 보호받고 있다고 한다. 지금은 세계 각국의 다양한 인종이 살고 있고, 차별 이슈는 많이 없어졌다고 하는데. 과연 그럴까?

수많은 고민 끝에 결정했다. 안되는 게 어디 있겠어? 도전해 보자!

우리나라에서 호주로 가는 대한항공, 아시아나 직항 항공권은 1인당 170만 원 정도였다. 겨울방학 기간이라 성수기, 호주의 계절이 여름이라 또 성수기다. 비행기 값만 총 500만 원이 넘게 드는 셈이다. 시작부터 많은 지출을 할 수는 없어서 더 저렴한 경유 항공으로 눈을 돌렸다. 11시간이 넘는 긴 시간 동안 내내 비행기를 타는 것보다, 예닐곱 시간씩 두 번에 나눠 타는 것이 에너지 정비를 할 기회일지도 모른다. 이렇게 인당 약 100만 원가량의 경유 항공권을 구매했다.

어느 지역을 여행해 볼까. 호주의 면적은 우리나라 남한의 약 77배로 세계 유일의 1대륙 1국가다. 거대한 나라의 구석구석을 다 여행하면 좋겠지만 나는 어린 초등학생 두 명과 여행하는 엄마다. 광활한 아웃백^{Outback, 호주 내륙의 황무지}, 세계에서 가장 거대한 산호초 등 날 것 그대로의 자연이 궁금하기도 했다. 하지만 아직은 막내가 어리기 때문에 자칫 위험할 수 있는 탐험은 나중을 기약하고, 이번 여행에서는 유명한 대도시들 위주로 탐방해 보기로 했다.

캔버라^{Canberra} 여행을 준비하면서 호주의 수도를 확실하게 알았다. 나는 밴쿠버^{Vancouver, 캐나다의 대도시}와 오타와^{Ottawa, 캐나다의 수도}, 멜버른^{Melbourne, 호주의 대도시} 사이에서 항상 헷갈렸었다. 또 많은 사람이 호주의 수도가 시드니나 멜버른이라고 알고 있지만, 실은 캔버라다. 모든 여행은 수도부터 시작된다. 어떤 나라를 제대로 알기 위해서는 수도 방문이 필수다. 그래서 캔버라는 여행의 일정에 꼭 넣기로 했다.

브리즈번^{Brisbane} 인터넷으로 정보를 찾던 도중, 교통비 비싼 호주에서 1회 교통요금을 단 0.5AUD[2]로 할인 중인 도시가 있다는 정보를 접했다. 바로 이름도 생소한 브리즈번. 어렴풋이, 대학생 때 어학연수를 갔었던 친구

---

[2] 호주의 화폐단위인 오스트레일리아 달러(Australia Dollar), 1AUD는 약 900~950원 정도다.

가 브리즈번이 살기 좋았다고 말했던 기억이 났다. 나이스! 작은 것에 혹하는 나다. 순전히 교통요금 할인 때문에 뭣도 모르고 계획에 넣은 도시 되시겠다.

시드니 Sydney 호주에서 가장 유명한 도시다. 예전의 패키지여행 당시 오페라 하우스에서 하버 브리지를 바라보았을 때, 아치형의 다리 위로 사람들이 열심히 올라가고 있던 장면이 생생하다. 줄지어 가는 개미들처럼 작게 보이던 사람들. 나이 들고 나서 고소공포증이 생겨버려 내가 그 체험을 하진 못해도 하버 브리지를 등반하는 사람들을 볼 수 있지 않을까? 내심 기대되었다.

여행 기간은 언제나 3~4주 언저리다. 아이들의 방학 기간과 내가 휴가를 쓸 수 있는 기간, 우리의 체력, 여행 스타일 등 여러 가지 상황을 종합적으로 고려해 봤을 때 이 정도가 가장 적당하다.

숙소는 각 도시 당 하나로 정했다. 개인에 따라 다르겠지만, 나의 경우 한 도시를 진득하게 보고 누리는 걸 선호하고, 불필요한 곳에 에너지 낭비를 하지 않으려 애쓰는 편이다. 어떤 도시를 방문하든 그곳에서 살아보는 느낌은 꼭 갖고 싶다. 편하고 쉬운 방법으로 번갯불에 콩 구워 먹듯이 여러 일정을 한꺼번에 하는 여행은 하고 싶지 않다. 하루 한두 개 일정으로 느릿느릿 걸어보는 여행. 비록 여행객이지만 현지인처럼 그곳에 스멀스멀 스며

드는 여행. 그게 내 방학여행의 핵심이다.

  항상 그렇듯이, 큰 산을 넘고 나면 한시름 놓는다. 이번에도 역시 항공권
과 숙소가 해결되자마자 손을 멀찍이 떼어 놓았다. 아이들과 함께하는 휴
식 같은 여행이라고 혼자 합리화했다. 굵직굵직한 예약은 한국에서 미리
했고, 하루의 세세한 일정은 그날 상황을 봐가며 결정하기로 마음먹었다.

  주변인의 도움 없이 엄마인 나 혼자서 딸, 아들과 함께 떠나기로 했다.
항상 누군가에게 의지했고, 도움을 받았다. 어렸을 때는 부모님에게, 결혼
하고 나서는 남편에게. 하지만 아이 두 명을 낳고 키우면서 꽤 용감해졌고
단단해졌다. 어떤 상황이 닥치더라도 나름의 묘책을 강구하는 법을 알았다
고나 할까. 이번 여행, 혼자서도 잘 이끌어 나갈 수 있을 것 같다. 난 소중
한 두 생명체의 엄마니까.

Chapter 0

출발 당일,
현관문을 여는 순간

불안과 설렘이 공존하는 출발선 위에서

"두려움과 설렘이 서로 엉킨 채,
소중한 두 아이와 함께
미지의 시간 속으로 첫발을 내디뎠다."

시청 앞 동상

#브리즈번

덜커덩! 아니, 이게 무슨 소리야?

기대에 부푼 꿈을 안고 우리 집 현관문을 여는 그 순간, 캐리어 바퀴에서 검은 플라스틱 조각들이 타다닥 떨어졌다. 처음에는 29인치, 20인치 캐리어를 각각 한 개씩 꾸렸다. 그러다 호주 물가가 매우 비싸다는 소문을 듣고 한국 식자재를 욕심껏 담는 바람에 막판에 29인치 두 개로 변경했다. 그런데 오래전 사용하고 내버려 두었던 보라색 캐리어가 여행 시작하기도 전에 말썽부릴 줄이야.

시간이 빠듯한지라 신경 쓸 새도 없이 기차역에 도착해 확인해 보니, 바퀴가 으스러져 있었다. 원흉일까, 액땜일까. 아무리 생각해 봐도 앞으로의 모든 여정이 안전하고 즐거울 것이라는 액땜이다. 보아하니, 오래된 캐리어의 바퀴가 삭은 듯하다. 얘도 나처럼 긴장했나. 한쪽 바퀴가 으스러지긴 했지만 끌기가 조금 힘겨울 뿐, 굴러가는 데는 무리가 없다. 그래도 혹시 몰라 부랴부랴 인터넷 면세점에서 새 캐리어를 구매했다.

기대에 부푼 마음을 안고 인천공항에 도착했다. 아직 수속창구도 열리지 않았다. 약속 시각에 철저한 나는 여행의 설렘 때문인지 오늘따라 더욱 부지런히 움직였다. 점심 식사를 허겁지겁 마치고 출국 수속을 받았다. 창구에 앉아 계신 승무원이 엄청 친절하다. 비록 캐리어 바퀴는 말썽이었지만 어째 출발이 좋다.

드디어 기내에 착석했다. 출국 한참 전에 어린이용 기내식을 신청해 두었다. 어린이 식사는 일반식보다 먼저 나오므로 아이들 먼저 음식을 먹게 도와줄 수 있어 심적 부담을 덜 수 있다. 아들이 아직 많이 흘리면서 먹기 때문에 기내를 더럽히지 않기 위해서는 누군가의 손길이 필요하다. 밥은 내가 떠서 먹여줬고 (평소에는 묻히고 흘리며 혼자서 먹는다. 오해 마시라.) 빵은 가루를 질질 흘리면서 먹었지만 그래도 나름 깔끔하게 먹었다. 딸은 역시나 스스로 잘 먹은 뒤, 쓰지 않은 물티슈, 케첩, 버터, 딸기잼을 야무지게 챙겼다. 혹시 모를 돌발 상황에 대한 저 준비 자세! 엄마인 나보다도 더 철저하다. 아들과 딸의 성향을 클레이 뭉치듯 똘똘 잘 섞어서 정확히 반으로 나누면 좋으련만.

딸은 본인이 보고 싶었던 애니메이션을 조용히 보고 있고, 아들은 추억의 명작 〈나 홀로 집에〉를 보면서 배꼽 빠지게 웃는다. 그래, 이번 여행에서는 깔깔깔 웃고만 오자. 항상 엄마를 긴장하게 만드는 아들내미야, 제발 부탁한다!

그리고 무조건 안전하게 여행하기. 그 누구도 다치지 않기. 병원 가지 않기. 이번 여행의 중요한 목표다.

Summer의 호주여행 사용설명서

경유에 대한 개인적인 생각

우리는 싱가포르를 거쳐서 브리즈번으로 가는 여정이었다.

인천→싱가포르: 지루하긴 하지만 7시간쯤은 참아야지 하는 생각으로 탔고, 아이들 역시 각자의 애니메이션 타임을 가지며 큰 어려움 없이 잘 버텨 주었다.

싱가포르→브리즈번: 자정을 넘긴 시각에 이륙한 덕분인지 모두 자느라 지루한 줄도 모른 채 시간이 흘러갔다. 아이들은 양쪽에서 내게 기대어 자고, 나도 곯아떨어졌다.

경유를 재정비하는 시간이라고 생각하면 마음 편하다. 인천에서 싱가포르에 도착해 무사히 환승 구역을 찾았고, 약 2시간 동안 한숨 돌리는 여유를 가졌다. 아이들과 함께 여행하는 나로서는 경유 항공이 직항보다 더 편했다.

Chapter 1

내 마음속의 보물,
브리즈번 ^{Brisbane}

낯섦이 편안함으로, 잊지 못할 첫 도시

"사람들의 배려와 환대는
우리를 천천히 이곳의 호흡으로 이끌었다.
그렇게 우리는 브리즈번의 온기에 스며들었다."

네빌 보너 브리지

아이들과 함께 하는 브리즈번 여행 팁

★ 브리즈번은 자연과 현대적 건물이 조화를 이루는 아름다운 도시다. 수상 버스인 시티캣City Cat을 타고 기분을 느껴보자. 야경 감상은 덤이다.

★ 박물관과 갤러리, 수영장이 브리즈번강을 따라 사우스뱅크South Bank에 몰려 있어 묶어 보기 좋다.

★ 강을 따라 걷는 산책로River Walk와 여러 공원이 아주 잘 되어 있다. 이른 아침이건, 해가 지는 오후건, 분위기를 만끽하며 산책 삼아 걷거나 뛰어보자.

★ 퀸즐랜드 주에서는 만 12세 이하 어린이들을 혼자 놔두는 것이 불법이다. 안전을 위해 아이들 곁을 잘 지키도록 하자.

★ 브리즈번—골드코스트 간 대중교통이 잘되어 있어 당일치기로 오갈 수 있다. 편도 약 2시간가량 소요된다.

아이들과 함께 가면 좋은 곳

브리즈번 시청 시계탑(Brisbane City Hall Clock Tower)

브리즈번 박물관(Museum of Brisbane, MoB)

스카이 덱(Sky Deck, The Star Brisbane)

브리즈번 조형물(Brisbane Sign)

브리즈번 대관람차(The Wheel of Brisbane)

퀸즐랜드 박물관(Queensland Museum Kurilpa)

스파크 랩(Spark Lab)

현대미술관(Gallery of Modern Art, GOMA)

퀸즐랜드 주립 도서관(State Library of Queensland)

스트리츠 비치(Streets Beach)

론파인 코알라 보호구역(Lone Pine Koala Sanctuary)

마운트 쿠사 전망대(Mount Coot-Tha Summit Lookout)

토마스 천체 투영관(Sir Thomas Brisbane Planetarium)

뉴팜 파크와 놀이터(New Farm Park & Playground)

브리즈번 스퀘어 도서관(Brisbane Square Library)

시티 보타닉 가든(City Botanic Gardens)

안작 스퀘어(Anzac Square)

로마 스트리트 파크랜드(Roma Street Parkland)

브리즈번에서의 하루하루

1일 차　브리즈번 공항 — 호텔

2일 차　브리즈번 시청 (브리즈번 박물관, 시계탑) — 스파크 랩 — 퀴이 공원Quii Park

3일 차　아침 산책 (사우스뱅크) — 스카이 덱 — 퀸즐랜드 박물관 — 스파크 랩 — 사우스뱅크 어린이 놀이터 — 웨스트 엔드West End 지역 산책 — 시티캣 타고 야경 감상

4일 차　아침 산책 (브리즈번 조형물) — 뉴팜 파크, 놀이터 — 파워 하우스Power House

5일 차　골드코스트Gold Coast 당일치기 (스카이 포인트Sky Point 전망대, 서퍼스 파라다이스 비치Surfer's Paradise Beach)

6일 차　아침 산책 (시티 보타닉 가든, 캡틴 버크 공원Captain Burke Park) — 론파인 코알라 보호구역

7일 차　아침 산책 (로마 스트리트 파크랜드, 세인트존스 성당St. John's Cathedral) — 안작 스퀘어 — 토마스 천체 투영관 — 마운트 쿠사 전망대 — 브리즈번 스퀘어 도서관

8일 차　아침 산책 (리버 워크, 뉴팜 파크) — 브리즈번 조형물 — 현대미술관 — 주립 도서관 — 브리즈번 대관람차 — 스트리츠 비치

9일 차　아침 산책 (리버 워크, 사우스뱅크, 웨스트 빌리지West Village) — 론파인 코알라 보호구역 — 브리즈번 스퀘어 도서관 — 시티캣 타고 야경 감상

10일 차　호텔 — 브리즈번 공항

엄마,
바퀴가 떨어져 나갔어!

　경유지인 싱가포르에서 브리즈번으로 가는 비행기에는 아가 손님들이 많았다. 밤이 지나고 새벽이 되자 여기저기서 와와와ㅡ, 응애ㅡ 우는 소리와 왁자지껄한 웃음소리가 들려왔다. 하지만 그중에 눈치를 주거나 불평하는 사람은 한 명도 없었다. 어린이들이 내는 소리는 모든 인간이 거쳐 가는 자연스러운 과정이라고 생각하는 듯했다.

　실제로 나는 내 아이가 조금만 큰 소리로 이야기해도 당장에 '쉿!'을 외친다. 다른 사람에게 피해를 줘서는 안 된다는 생각에 그러는 것이지만, 어린이의 정직한 활발함조차도 용납되지 않는 한국의 사회 분위기도 한몫하는 것 같아 조금은 미안하다. 우리 어른들도 당연히 아가, 어린이 시절이 있었고 때로는 힘차게 울기도, 소리 지르기도 했을 텐데 말이다. 브리즈번에 도착하기도 전에 무언의 배려를 느끼다니.

　비행기 내에서 계속 자던 아들은 아침 기내식을 줄 때 일어나 다시 〈나 홀로 집에〉를 감상하며 웃고 또 웃고 혼자 난리가 났다. 그렇게 재밌니? 나도 한때 웃음을 못 참아서 고민인 적이 있었다. 아이가 생기기 전, 주말 저녁마다 '개그콘서트'를 챙겨 보며 몇 시간이고 깔깔깔 웃었던 기억이 난다. 그땐 왜 그렇게 웃겼을까. 남편은 나를 아주 신기한 얼굴로 쳐다보곤 했다. 그러면서 시답지 않은 내용에 웃는 내가 더 웃기단다.

아들의 웃음소리보다 더 시끌벅적하게 웃고 떠드는 아이들이 많았던 덕분에 한시름 놓았다. 마침내 비행기는 안전하게 도착했고 기대에 부푼 마음으로 천천히 비행기 안을 빠져나왔다.

이제부터는 첩첩산중 할 일이 많다. 대망의 물품 신고와 유심구매, 그리고 숙소까지 안전하게 가기.

여행경비도 줄이고 아이들에게 따끈따끈하고 건강한 한국식 밥을 해 먹이고 싶어서 한국에서부터 식재료를 바리바리 싸 들고 왔다. 하지만 호주는 음식반입이 굉장히 엄격한 나라라는 소리를 익히 들어왔었기 때문에 걱정이 이만저만이 아니었다.

상비약, 쌀, 누룽지, 양념, 김 등을 솔직하게 체크해 신고했다. 그랬더니 검사하는 곳 1, 2, 3번 중에서 3번으로 가란다. 가장 마지막 줄인 3번은 나같이 검역 신고 물품을 다양하게 가져온 요주의 인물들이 가는 줄인 듯했다.

쌀을 사 먹을 수도 있지만, 이왕이면 무농약 쌀로 밥을 해주고 싶어 가져온 '한살림 쌀'이다. 어디선가, 아이의 입맛이 까다로워 한국산 쌀 아니면 안 먹는다고 말했더니 생쌀을 통과시켜 주었다는 후기를 본 적이 있다. 그래서 나도 한번 가져와 봤다. 희망을 품고 말해 봤지만, 검사원은 브리즈번에 아시안 밥집이 많다면서 껄껄 웃는다. 해외에서 들인 생쌀에서 벌레가 유입될 수도 있어서 철저하게 검사하는 것이라며…. 아, 그렇다. 여행객들도 청정국가의 깨끗한 자연을 보호할 의무가 있다. 지극히 동감한다. 다른 재료들은 모두 통과되었고 쌀은 폐기했다.

처음 발을 내딛는 곳에서는 항상 떨린다. 길을 모를뿐더러, 아이들이 안전하게 가는지 봐야 하고, 짐도 빠짐없이 챙겨야 한다. 머릿속으로 '이젠 무얼 해야 했더라?' 회로를 재빠르게 돌리며 바로 앞 옵터스^{OPTUS} 대리점에서 유심을 구매했다.

이제 바퀴가 깨진 보라색 캐리어는 폐기하고 새로운 캐리어에 짐을 옮길 차례다. 소지품 신고 전, 여권 검사원에게 공항에 고장 난 캐리어를 폐기해도 되냐고 여쭈었다. 그는 가방검사를 모두 마치고 입국 게이트를 빠져나간 후에는 신고 없이 버려도 상관없다고 했다. 하지만 이 큰 요물단지를 공항에 버려 놓고 가기가 괜히 미안하다. 또 여행 중에 이게 왠지 필요할 때가 있을 것만 같다. 힘줘서 밀면 잘 굴러가긴 하잖아? 보라색 캐리어를 품고 가기로 마음먹고 역으로 열심히 걸어가기 시작하는데….

"엄마, 바퀴가 떨어져 나갔어!"

엥? 뭐라고? 오래된 보라색 캐리어의 바퀴가 떨어진 줄 알았다. 그런데 멀쩡하던 회색 캐리어의 바퀴가 아예 뎅강 떨어져 나갔다. 으악! 이번 호주 여행은 출발부터 삐거덕거리는구먼. 결국, 집에서 가지고 온 캐리어 두 개 모두 말썽인 셈이다. 이미 공항 밖으로 나왔으니 다시 돌아가서 폐기하기도 머리 아프다. 그냥 숙소까지 가자! 보라색 캐리어를 버리지 않은 건 신의 한 수다. 이건 어떻게든 굴러가기라도 하지.

게르만족의 후예처럼 보이는 주황색 머리의 친절한 공항철도 직원에게 표를 구매하고 기차에 탔다. 떨어져 나간 바퀴를 보니 헛웃음만 나왔다.

아름다운 브리즈번의 풍경이 눈에 들어온다. 우리나라와는 다른 저 선명한 하늘. 보기만 해도 마음이 정화되는 것 같다.

센트럴 역에 내려 직원에게 엘리베이터^{elevator}가 어디 있는지 물었다. 그런데 직원이 자꾸 모르는 눈치다. 한참을 설명한 결과, 그가 "아하!" 하며 대답한다.

"Lift is over there!"

(리프트는 거기 있어요!)

호주영어는 미국영어랑 다르다고 했다. 쓰는 단어도 다르고 억양, 발음도 다르다. 호주에서는 '엘리베이터'를 '리프트'라고 표현한댔지. 그나저나 이 사람들 친절한데 말이 엄청 빠르다.

호텔에 무사히 도착해 체크인할 때도 같은 상황이 벌어졌다. 직원이 친절하게 블라블라~ 빠르게 이야기하는 중간 중간 단어만 들렸다. 단어 몇 개로 이것이 과연 무슨 뜻인지 머릿속으로 유추해 볼 수밖에 없었다. 과연 호주식 영어에 적응할 수 있을까?

계속된 영어 듣기평가에 귀를 포함한 내 신체 전부가 기진맥진해져 있을 무렵, 룸 카드를 건네받고 3층으로 올라갔는데 아니, 세상에 이런 뷰가 다 있나? 여긴 도심 한복판이므로 기가 막힌 대자연의 전망은 기대하지도 않았다. 바다 뷰, 건물 뷰, 거리 뷰, 하늘 뷰는 들어 봤어도 실내수영장 뷰는 처음 봤다. '실외' 말고 '실내'수영장 뷰 말이다. 처음 방에 들어서자마자 생각했던 것보다 넓은 크기의 방에 감탄했다. 하지만 난생처음 겪는 뷰를 보고 입을 다물 수 없었다. 게다가 옆방의 창문이 정확히 수직으로 우리 방 창문에 붙어 있네? 일면식도 없는 타인의 사생활과 폐쇄적인 수영장에서 들리는 소음을 9박 동안이나 견뎌야 한다고? 이건 뷰라고 할 수 없다. 차라리 창문 없는 방이 낫겠다.

다시 내려가서 내가 느낀 바를 설명했더니, 직원은 그런 방이 있는지도 모르는 눈치다. 그녀는 한 급 더 높아 보이는 매니저에게 조언을 구한 후, 거리 뷰도 괜찮은지 물었다. 속으로 생각했다.

'지금 뭘 더 바라겠어요. 거리 뷰면 대단히 환상적인 뷰 아니겠어요?'

체력이 거의 고갈된 채로 새로운 방인 306호에 들어갔다. 흔하디흔한 거리가 보이는 방이었으나 내겐 감지덕지했다. 깨끗한 건물과 카페, 음식점, 바삐 돌아다니는 각기 다른 생김새의 사람들을 보기만 해도 신기했다. 여기에서도 후드, 전화기 문제로 리셉션과 한참을 소통했다. 여러 가지 잡다한 일들을 처리하고 에너지 0%에 도달한 나는 침대에 그대로 뻗어버렸다.

공항에서부터 바퀴 빠진 캐리어와 바퀴 빠지기 일보 직전의 캐리어를 끌고 오느라 체력을 많이 소모한 데다, 호텔에서의 방 교체 이슈로 괜히 시간 낭비만 한 것 같아서 한껏 더 예민해져 있었다. 그런데 오늘따라 아들이 꺅 소리 지르며 침대, 소파, 카펫 바닥을 하늘다람쥐처럼 뛰어다닌다. 참다못해 소리를 꽥 질러 버렸다. 여행 첫날부터.

"제발 호들갑 그만 떨고 가만히 좀 있으라고!"

순간 정적이 흘렀다. 신나게 뛰던 아들은 머쓱해진 얼굴로 잠잠해졌다. 아, 질러 놓고 또 후회막심이다. 이러지 말자. 아이들을 위한 여행이다.

한참 나 자신을 다잡고 서둘러 아이들에게 누룽지를 끓여주었다. 기내식으로 아침밥을 먹는 둥 마는 둥 했던지라 모두들 배가 고팠다. 하긴, 벌써 오후 4시를 넘긴 시각이었다. 마파람에 게 눈 감추듯 맛있게 먹고 나니 이젠 수영장에 가고 싶단다. 지친 몸을 이끌고 수영장으로 갔다. 아이들은 신나게 물장구치며 수영하고 나는 선베드에서 쿨쿨 곯아떨어졌다. 우리 아이들은 지치지도 않나 보네. 어린이들의 진정한 활력이다.

첫날부터 산전수전 다 겪었다. 모든 것이 처음인 데다 여러 가지 말썽까지 일어났다. 앞으로 우리에게 어떤 멋진 여행이 펼쳐질까 상상해 보기도 전에, 너무 피곤한 나머지 바로 잠들었다.

가장 오래된
엘리베이터를 타다

예상했던 대로 브리즈번은 상상 그 이상이었다. 주위를 둘러보면, 생소하지만 아름다운 건물과 바삐 움직이는 사람들이 보였다. 이른 아침부터 느껴지는 낯선 활기참이 우리를 상쾌하게 해주었다.

센트럴 역의 한 편의점에서 고 카드^{Go Card, 퀸즐랜드 주 교통카드} 세 장을 구매했다. 고 카드의 보증금과 충전, 환급, 공항철도 요금 등등의 설명을 자세히 해주던 편의점 청년 역시 말이 빨랐다. 오물오물 움직이는 입모양만 한없이 바라보던 내 얼떨떨한 심정은 겪어보지 않으면 모를 일이다.

첫 도시에서의 일정은 브리즈번 시청 시계탑 관람이다. 홈페이지를 통해 오전 10시 투어로 예약해 두었다. 시청은 무척이나 고풍스럽고 아름다웠다. 시계탑 관람 전, 시청 안에 있는 브리즈번 박물관을 잠깐 관람했다. 기념품 가게에 있던 엽서가 어찌나 예쁘던지, 장당 4AUD나 하는 그것을 하마터면 여러 장 구매할 뻔했다.

방학여행 호주

드디어 투어 시간이다. 이름과 인원수를 간단히 확인 후, 정확히 10시에 15분간 진행되는 가이드 투어였다. 시계탑까지 가는 엘리베이터는 1930년에 만들어진, 브리즈번에서 가장 오래된 엘리베이터라고 한다. 사람들이 모두 타자 가이드가 수동으로 문을 직접 닫았다. 열쇠를 꽂고 바를 내리니 엘리베이터가 움직였다.

1960년대까지만 해도 브리즈번 시청은 일대에서 가장 높은 건물이었다고 한다. 안내문에는 시계탑의 높이가 92m라고 되어 있지만, 이 시계탑은 정확히 87m란다. 브리즈번에 대한 그녀의 자부심은 대단했다. 거대한 톱니바퀴가 하나하나 맞물려 돌아가고 있었다.

1930년의 브리즈번을 상상해 봤다. 과연 어떤 도시였을까. 지금처럼 브리즈번강이 도시를 가로지르며 굽이굽이 흐르고 있었을 테지. 도심과 강 건너 사우스뱅크를 연결해 주는 다리는 당연히 없었을 테고. 사람들은 나룻배를 타고 왔다 갔다 했겠지?

나와 딸에겐 매우 특색 있는 투어였지만 우리 아들에게는 덥기만 하고 재미없는 시계탑이었다고 한다. 그래, 모든 사람의 생각이 같을 수는 없다. 서둘러 대안을 찾았다. 어린이들이 좋아할 만한 곳으로 가자.

199번 버스를 타고 두 정거장을 갔다. 다리 하나만 건너면 되는구나. 가

볼 만한 곳들이 생각보다 가까이 있네? 열심히 걸을 체력만 있다면 충분히 걸어서 갈만한 거리다.

　우리가 도착한 곳은 퀸즐랜드 박물관 안의 '스파크 랩'이다. 영어로 소통이 충분히 가능한 어린이 기준으로, 초등학교 저학년 수준의 과학관이다. 시계탑 투어 때는 입이 댓 발 나와 있던 아들은 과학 신세계를 보자마자 달려 들어가 이곳저곳을 호기심 어린 눈빛으로 구경했다.

*Summer*의 호주여행 사용설명서

퀸즐랜드 주 교통카드

예전에는 고 카드를 소지해야 대중교통인 버스, 페리, 트레인, 트램 등을 모두 이용할 수 있었으나, 현재 트래블 카드(Visa, Master 카드) 사용이 가능하다.

한 달 여행에
연간회원권을 산다고?

아들은 스파크 랩에 푹 빠져버렸다. 특히 수로 모양의 여러 자석을 이용해 본인만의 길을 만들어 공을 굴려보는 코너에서 꿈쩍하지 않고 거의 3시간 있었다.

우리 동네 도서관에도 재질은 다르나 비슷한 느낌의 교구가 있다. 평소에 도서관에 갈 때면 빠지지 않고 들르는 곳이라 이곳 역시 좋아할 것 같았고 예상은 정확히 들어맞았다. 공은 중력에 의해 위에서 아래로 향하게 되어 있다. 따라서 공을 안정적으로 잘 굴리기 위해서는 나름 머리를 써야 한다. 중간에 틈이 생겨서도 안 되고, 길이 끊어져서도 안 된다. 종, 톱니바퀴 등의 다른 부가적인 요소를 이용해 이리저리 배치해서 자신만의 길을 만들 수도 있다. 여러모로 아이의 과학적 상상력을 발휘하기에 안성맞춤인 곳이었다.

한참을 신나게 놀던 아들이 어떤 아가가 자신의 수로를 망쳐 놓았다며 아우성쳤다.

"아가도 자석이 신기해서 한 번 만져 본 거야. 그리고 여긴 다 같이 이용하는 곳이니까 독점해서 놀면 안 돼."

설명해 주었더니 여기 규칙은 남이 만든 작품을 예의상 건들지 말아야 한단다. 저쪽에도 자석이 여러 개 있으므로 그걸 가지고 놀아야 한단다. 아들의 말도 일리가 있었다. 다른 쪽에 쌓여 있는 자석으로 본인만의 작품을 하나 더 만들면 되긴 한데, 이 두 살배기 아가가 과연 받아들여 줄까?

보통은 보호자가 주변에 대기하다가 이런 상황이 생기면 적절히 중재하지만, 아무래도 부모님이 다른 아이들 쫓아다니느라 바쁜 것 같았다. 어떻게 해야 하나 고민하다가 아가의 보호자가 되기로 자처했다. 이런저런 자석을 보여주며 간단한 영어로 설명해 주었더니 이 귀염둥이 아가가 관심을 보였다.

우리 아들 역시 본인이 창의적으로 만든 자석 수로를 통해 여러 번 공을 굴릴 수 있어서 만족스러운 표정이었다. 한참 뒤에 나타난 아가의 아빠는 본인이 아이가 다섯 명이라 미처 신경 쓰지 못했다며 나에게 고마워했다. 천만에요. 저도 당신의 귀여운 아가랑 놀 수 있어서 행복했답니다!

운이 좋게도 우리가 방문한 시각에 과학실험 프로그램이 있었다. 수업 시작 전, 선생님께서는 키 큰 아이들이 먼저 왔더라도 작은 어린아이들에게 자리를 양보해 달라고 양해를 구했다. 무조건 먼저, 빨리 달려온 아이가 가장 앞자리를 선점하는 우리나라와는 다른 상황에 놀랐다. 그 뒤로 진행된 다른 프로그램에서도 모든 아이에게 '배려'를 강조했다. 선생님의 말씀이 끝나자 키 큰 아이들은 당연한 듯 하나둘 뒤로 물러나기 시작했고, 덕분에 작거나 몸이 불편한 아이들도 어른의 도움을 받지 않고 수업에 참여할 수 있었다. 한국이라면, 상대적 약자에 대한 배려를 권유받았을 때 어떤 상황이 펼쳐졌을까?

어려서부터 '남들보다 앞서서 이겨야 하는 경쟁'에 길드는 아이들이 안쓰럽다고 생각하던 차였다. 수업에 참여할 때나 교구를 이용할 때 재빨리 달려오는 아이들은 없었다. 아이들은 상대방의 눈치를 보며 서로를 조용히 배려하고 있었다.

반대로, 어디선가 갑자기 나타나서 다른 아이가 체험하고 있는 공을 낚아채서는, 마치 자기 소유물인 마냥 가지고 노는 소년들을 보았다. 심지어 체험기구 안쪽 구멍으로 손을 깊숙이 넣어 위험천만하게 공을 빼내던 그들은 한국인이었다. 그들의 엄마와 외할머니는 '남자는 쟁취야!'라는 표정으로 그저 자랑스럽게 바라만 보고 있었다. 본인의 아이가 경쟁을 통해 이겨냈다는 우월감을 느꼈을까. 아니면 모름지기 사내는 치열한 경쟁에서 살아남아야 한다는 걸 무의식적으로 가르쳐 주고 싶었던 것일까. 같은 한국인으로서 정말 부끄러웠다. 언제쯤 상대에 대한 배려를 당연시하게 될까.

'Going down hill(언덕 내려가기)'은 조그만 플라스틱 원통에 기름, 세제, 물, 물감, 나사, 작은 장난감 등 여러 가지 재료를 넣어 보고, 경사가 있는 곳에서 굴리는 실험이었다. 선생님은 아이들 한 명 한 명에게 의견을 물어보며 수업을 진행했다.

"어떤 재료를 넣어 보고 싶니?"

"어떤 재료를 새롭게 추가해 볼까?"

각각 원하는 재료를 집어넣은 플라스틱 원통을 굴리자 어른, 아이 할 것 없이 다 놀라워했다. 이런 생생한 실험으로 '밀도'와 '빠르기'라는 개념을 깨우치게 되는구나. 어렸을 적, '밀도(d)=질량(m)/부피(v)' 공식을 머릿속으로 열심히 암기했던 기억이 난다. 그 시절, 글로 배운 과학이 재미있었을 리가 있나.

이번엔 기울기를 더 크게 해서 실험해 보았다. 원통이 굴러가는 속도가 빨라지는 팀도 있었고, 거의 그대로인 팀도 있었다. 모두 환호성을 질렀다. 예상외의 결과에 어른들조차 신기했던 실험이었다.

스파크 랩에서 재미있게 잘 놀고 폐장시간인 오후 4시가 다 되어서 나왔다. 문득, 왠지 여기를 계속 오자고 할 것 같은 느낌이 들어서 아이에게 물어보았더니 정말 재미있었단다. 평소 1,000원, 2,000원 교통비조차 아끼는 나지만, 오늘만큼은 통 크게 스파크 랩 연간회원권을 구매해 버렸다!(도대체 언제 몇 번이나 더 오려고?)

점심도 거른 채 놀다니 대단한 녀석들이다. 배가 많이 고팠지만, 길가에서 간식 도시락을 먹긴 애매해서 근처 공원을 찾아보았다. 그렇게 우연히 도착한 '퀴이 공원'은 브리즈번 시티가 한눈에 보이는 명당이었다. 눈여겨보지 않으면 자칫 그대로 지나칠 법한 이 작은 공원은 나만 알고 싶을 정도로 사랑스러운 장소였다.

퇴근 시간이 다가오자 사우스이스트 버스 웨이Southeast Bus Way로 버스들이 줄줄이 사탕처럼 오가고 있었다. 꼭 장난감 버스 같아 보였다. 깨끗한 건물, 맑은 하늘, 저기 보이는 브리즈번 대관람차, 파랑 · 노랑의 버스들. 이곳은 내가 생각했던 동화 속 나라였다. 어떡하지? 첫날부터 흠뻑 빠져드는데?

Summer의 호주여행 사용설명서

스파크 랩 연간회원권

스파크 랩의 어른 요금은 16.5AUD, 아동 요금은 13.5AUD다. 우리는 처음 방문했을 때 일회권을 구매했다. 아이들이 큰 재미와 흥미를 느꼈다면 당일에 한해 연간회원권으로 변경할 수 있다. 패밀리 연간회원권(어른 2+어린이 2)의 경우 105AUD로 가족 서너 명이 두 번만 방문해도 이득이다. 연간회원권 실물카드는 신청한 지 1~2주 안으로 발급된다고 한다. 여행 기간이 이보다 더 짧은 경우, 영수증만 있어도 얼마든지 출입할 수 있다.

맛집 찾기란
하늘의 별 따기

브리즈번에 도착한 지 3일째다. 아직 도시의 지리에 익숙하지 않았던 우리는 딱 한 번의 버스이용을 제외하고는 걸어 다녔다. 호텔을 시내 중심부에 잡은 건 참 잘한 일이다. 시청과 사우스뱅크 인근의 명소 모두 도보로 이동할 수 있기 때문이다. 특히, 호텔에서 사우스뱅크까지 가는 길은 일직선이라 가볍게 걷기 좋았다. 이른 아침 혼자만의 산책을 마치고 호텔로 돌

아와 아침밥을 푸짐하게 먹은 후, 아이들과 숙소를 나섰다.

스카이 덱 전망대로 향하는 길. 이곳은 더 스타 빌딩^{The Star Building} 23층에 있다. 건물 입구에는 열두 띠^{十二支}에 관한 전시가 한창이었다. 동양인에게 열두 띠는 어려서부터 접해 봐서 익숙하지만, 서양인에게는 많이 생소할 것이다. 각 띠의 성향과 운세, 삶의 방향 등이 나름 자세히 적혀 있어 서양인 관광객들이 꽤 관심 있게 보고 있었다. 이곳을 좋아한 이가 또 한 명 있었으니, 바로 우리 아들이다. 아들은 전망대보다도 여기를 훨씬 더 좋아했다. 열두 띠 동물을 하나하나 짚어가면서 열심히 관찰하고, 친가·외가를 포함한 우리 가족의 출생년도를 말하며 매치되는 동물을 알려주기까지 했다.

전망대로 올라가니 선명한 하늘과 사우스뱅크의 풍경이 한눈에 보였다. 가슴이 탁 트이는 곳이었다. 손을 뻗으면 솜사탕같이 풍성한 구름에 닿을 것만 같았다. 전문가가 찍은 사진에서나 볼 수 있을 것 같은 선명한 구름. '청정국가 호주'라는 말이 괜히 나온 게 아니다. 내가 이곳에 있다는 사실 하나만으로도 아주 벅찼다고나 할까.

야외에는 주말을 맞이해 나들이 나온 사람들이 많았다. 오늘은 퀸즐랜드 박물관을 자세히 볼 생각이었다. 하지만 박물관 안의 공룡 코너를 순식간에 다 본 아들이 어제 갔던 스파크 랩에 다시 가야겠단다. 한번 꽂히면 100번이고 200번이고 반복해야 하는 아들이다.

　다시 찾은 스파크 랩은 가족 단위의 관람객으로 북적였지만, 우리는 또 다시 그곳을 즐겼다. 오늘도 역시 폐장시간까지 놀았다. 배가 고프지 않았더라면 더 있었을 것이다.

　딸이 박물관 안의 유료 전시인 '고대 이집트' 전시가 보고 싶다고 했다. '그래, 여기까지 왔으니 입장료 아끼지 말고 보여 줘야지.' 하고 매표소로 갔다. 혹시↘ 하고 스파크 랩 연간회원권이 있는 사람들에게 할인 혜택이 있는지 물어보니 무려 20%나 할인해 준다고 했다. 하하. 말이라도 꺼내 보는 게 무조건 이익이다.

　고대 이집트 시대의 미라와 관련된 내용을 상세하게 알게 된 전시다. 키우던 고양이까지 미라로 만들어 같이 묻었다니…. 관람객 수가 생각했던 것보다 많아서 내심 놀라웠다.

　평소 궁금했던 흥미로운 주제라 집중해서 전시를 보고 있는데 딸이 나한테서 입냄새가 난단다. 으하하. 얘는 솔직하기도 하지. 그러고 보니 오늘도 역시 점심을 거른 채 구경하고 있었잖아? 아침을 먹고 나서 오후 4시가 되도록 물 이외에는 아무것도 먹지 못했다!

　한국인이 추천해 준 한 이탈리아 레스토랑으로 들어갔다. 여행 3일 만에 처음인 외식이라 기대했건만, 호주에서 맛집 찾기는 하늘의 별 따기란 소문에 진심으로 공감할 정도로 형편없었다. 웬만한 이탈리아 요리는 실패할 수가 없는 법인데, 해도 해도 너무 짰다. 아이들은 피자 도우 가장자리만으로 허겁지겁 배를 채우더니(토핑은 먹지도 않았다.) 이내 수저를 놓았다. 나 역시 비싼 외식물가를 아까워하며 억지로 먹었지만, 도저히 다 먹을 수 없었다.

　계산할 때가 되자 우리 테이블을 담당했던 직원이 '팁을 포함하여 얼마를 지불할 건지' 선택할 수 있는 탭을 가져왔다. 본인은 보지 않겠다면서 호탕하게 웃으며 고개를 돌렸다. 음식 맛이 형편없었는데 팁까지 줘야 한단 말인가. 하지만 맛이 없었던 게 직원 잘못은 아니다. 이 직원은 우리가 등장하던 첫 순간부터 시종일관 미소를 띠며 잘해줬는데, 어떡하지? 다시 가만히 생각해 보니 음식이 맛없었던 건 아니고 좀 짰을 뿐이다. 머릿속에 오만 가지 생각을 하며 그래도 팁은 줘야겠기에 가장 낮은 팁인 5%에 체크하고 결제했다.

더욱 친절해진 종업원은 남은 음식을 싸주겠다고 했다. 호텔에 가져가도 딱히 먹을 것 같지는 않았지만, 호의를 거절하기도 힘들었다. 내일 아침에는 분명 맛있을 거야. 제발 맛있어져라. 주문을 걸며 종이 박스에 포장해 왔다. 애들이 안 먹으면 또 내가 먹지 뭐. 이래서 엄마들은 점점 돼지가 되어가는 것이다.

친절한 서비스를 받았으면 호기롭게 팁을 주면 되지, 팁에 체크하는 게 뭐 그리 대수인가. 팁 문화에 익숙하지 않은 나였기에 속으로 진중히 고민했다. 그나저나 천하의 원더우먼인 엄마가 고작 팁 5% 때문에 이리저리 머리 굴려가며 갈등했던 것을 우리 아이들은 알까. 제발 몰랐으면.

식당을 나오자마자 아들이 물었다.

"엄마, 놀이터는 어디 있어?"

"글쎄, 찾아보자."

"엄마는 왜 놀이터 못 찾아?"

"아가야……. 엄마도 브리즈번이 처음인데, 너한테 잘 알려주려고 아침부터 동선 파악해 가며 공부하고 알아봤다구!"

나는 이를 부득부득 갈면서 겉으론 아주 상냥하게 대답해 주었다.

"엄마니까 다 알아야지."

이 녀석 대답이 어이없으면서도 일리 있다. 엄마는 모든 것을 다 알고 있고, 모든 것을 척척 해내는 초능력자 중의 한 명이라고 생각하는 우리 아들. 그래. 네가 내 아들인 한, 나는 그렇게 되려고 노력해야겠다.

아침에 혼자 산책하면서 미리 봐둔 덕에 쉽게 찾을 수 있었다. 아들은 놀이터에서 신나게 놀고, 딸과 나는 그 주변을 산책했다. 아침부터 온종일 돌아다녔기에 다리가 무지무지 아팠지만, 지금 눈에 담아 두지 않으면 이 순간의 잔상은 사라질 거라는 생각에 열심히 걸었다. 딸과 함께 사이좋게 이야기 나누며 걸어갔다. 시내를 조금만 벗어나도 이런 한가로운 주택단지가 보이는군. 화려한 사우스뱅크와는 달리, 사람 사는 냄새가 났다.

이번 여행에서 제대로 된 여행 메이트를 만났다. 바로 우리 딸이다. 녀석이 조금 크더니 엄마의 오른팔 역할을 톡톡히 해주고 있다. 자기주장을 쉽사리 굽히지 않는 아들과 내가 언쟁이 생길 것 같다 싶으면, 타협기술이 부족한 엄마 대신 동생을 달래줄 때도 많고, 오히려 나를 다독여 줄 때도 있다. 본인은 놀이터에서 놀지 않고 엄마랑 같이 산책하고 싶단다. 어린이지만 내면은 나보다 더 대견한 어른이다. 핸드폰이 아직 없는 우리 딸에게, 이번 여행에서는 찍고 싶은 풍경을 마음껏 찍으라고 나의 예전 폰을 쥐여 주었더니 여기저기 열심히도 찍는다. 사랑하는 지민아, 이대로 계속 엄마의 가장 친한 친구가 되어 줄래?

Summer의 호주여행 사용설명서

호주에는 팁 문화가 있을까?

정답은 'NO'

공식적으로는 팁을 주는 문화가 아니다. 따라서 호텔이나 식당에서 따로 팁을 주지 않아도 된다. 일부 레스토랑에서는 결제 시 팁 5%, 7.5%, 10% 등을 선택하게 되어 있다. 나는 이렇게 대놓고 표기되어 있는데, 가장 낮은 팁이라도 줘야 하지 않나? 하는 생각에 무조건 팁을 결제했다. 하지만 호주에는 팁 문화가 없으므로 당당하게 'No tip'에 체크해도 된다. 소심한 나는 그러지 못했지만 말이다.

낮보다
아름다운 밤

오늘도 21,000보나 걸었다. 이제 내 다리는 다리가 아니라 다리몽둥이가 되어 가고 있다! 즉흥적으로 시티캣을 타기로 했다.

브리즈번강은 이 도시의 상징이다. 일자로 쭉 이어지지 않고 꾸불텅꾸불텅 굴곡졌다. 사람들은 시티캣이라는 수상 버스를 이용해 강을 따라 편리하게 이동할 수 있다. 시티캣은 브리즈번 현지 사람들에게는 편리한 이동 교통수단이고, 관광객에게는 브리즈번의 전경을 제대로 감상할 수 있는 유람선인 셈이다.

사우스뱅크 놀이터 바로 앞에 시티캣 정류장이 보였다. 실은 정류장이 있는지 몰랐는데 호텔로 가려는 찰나 눈앞에 '짜잔!' 하고 나타났다. 전광판에는 UQ St. Lucia라고 쓰여 있었지만, 그곳이 어딘지 궁금하지 않았다(UQ St. Lucia는 '퀸즐랜드 대학 세인트 루치아 캠퍼스'다). 에이, 몰라, 다리 아프다. 그냥 냅다 타자! 앉자!

지도를 보니 한 정거장 다음인 노스 키North Quay 역에서 내려야 우리 호텔로 갈 수 있었다. 그렇지만 종점을 찍고 다시 타고 오더라도 일단 계속 가

기로 했다. 다리가 너무 아파서 내리고 싶지 않았다. 그렇게 아무런 계획 없이 즉흥적으로 실행하게 된, 이름하여 '시티캣 야경 투어'다.

선상 위의 벤치에 망부석처럼 딱 붙어 있었다. 바닥난 체력과는 달리, 달 뜬 두 눈은 브리즈번의 밤을 마음껏 담으려 바쁘게 움직이고 있었다. 종점 으로 향하는 동안, 아까 그 선명했던 파란 하늘에 다홍색 물감 몇 방울을 떨어뜨린 양, 황홀한 일몰이 스멀스멀 다가오고 있었다. 그로부터 약 5분 뒤, 언제 해가 뜨기라도 했었냐는 듯 완전히 어두워졌다. 급기야는 나도 모 르게 일어서고야 말았다. 시티캣에 탄 모든 사람들이 일제히 환호성을 질

방학여행 호주

렀다. 야경이 이렇게 아름답다니! 많은 빌딩, 강을 잇는 다리, 대관람차가 한데 어우러져 빛을 내고 있었다. 그 순간의 환희는 어떤 멋진 말로도 다 표현할 수 없다. 별이 총총 떠 있는 밤하늘은 보라색인 것 같기도 남색인 것 같기도 한, 오묘하고도 신비한 색이었다.

내가 이렇게 멋진 야경을 즐겨도 되는 사람인가? 그런 자격을 가진 사람일까? 왠지 고르게 가슴이 뭉클해졌다. 우리 남편이 옆에 있었으면 얼마나 좋았을까. 이토록 멋있는 순간에 함께하지 못해서 미안하면서도 슬펐다. 몇 번이나 되뇌어 다짐했다.

'다음 브리즈번 여행에는 남편과 같이 와야지. 꼭!'

호텔로 돌아오자마자 원 카드를 '하네 마네' 티격태격하는 아이들을 뒤로한 채, 욕조에 몸을 담그고 한껏 센티멘털해진 기분을 삼켰다. 그리고 그대로 잠이 들었다.

오늘 주립 도서관과 아트갤러리까지 가보려고 했는데, 아이들과 함께 여행하다 보니 계획했던 곳을 다 가기가 어렵다. 언제나 즉흥적인 계획 변경은 선택이 아닌 '필수'가 된 듯하다. 하지만 여긴 호주다! 여유 있게 유유자적 즐겨보자.

강한 햇볕
아래에서 배운 교훈

어제 해리스 팜^{Harris Farm}에서 샀던 망고 & 오렌지 주스가 아주 맛있었다. 1L에 9AUD니 나름 합리적인 가격이기도 하다. 여태껏 갔었던 마켓 중에서 가장 신선함을 자랑하고 있던 그곳에 다시 가서 장을 봐 와야겠다. 아직 비몽사몽인 아들에게는 푹 자라고 말해두었다.

웨스트 엔드 지역은 우리 호텔이 있는 시내에서 거리가 조금 있지만, 운동 삼아 딸과 함께 걸어가기로 했다. 습도가 높지 않아 무척 쾌적하다. 이른 아침에 가볍게 걷기 딱 알맞다. 하지만 햇볕을 직접 쬐면 엄청난 뜨거움이 느껴지므로 조심해야 한다.

브리즈번 조형물에서 관광객이 없을 때 사진을 찍고 싶었다. 평소에 아이들 사진이나 풍경 사진 위주로 찍기 때문에 내 독사진은 거의 없다. 이 아름다운 곳에서 내 사진 몇 장쯤은 남기고 싶은 작은 욕심이 생겼다. 역광이었지만 그래도 "사람이 없는 게 어디야." 하면서 딸에게 사진을 부탁하고 자세를 취하는데, 갑자기 딸이 눈을 감싸 쥐었다. 사진 찍자면서 딸의 모자를 벗긴 것이 화근이었다. 찍어주는 사람은 햇볕을 정통으로 바로 맞닥뜨리게 된다는 사실을 뒤늦게 인지했다.

아…. 고작 사진 몇 장 건지겠다고 이런 상황을 겪게 하다니. 심성이 고운 우리 딸은 나를 잘 찍어주려고 집중하다가 그만 눈을 다쳤다. 호주에서는 선글라스가 필수라는 걸 익히 들어왔지만, 아이가 선글라스가 익숙하지 않아 여태껏 모자만 쓰고 다녔다. 전혀 생각지 못했던 사고가 발생했다.

각막에 손상을 입었으면 어떡하지? 시력에 영향을 끼쳤다면? 또다시 내 머릿속은 불안한 상상으로 가득 찼다. 한참 눈을 움켜쥐고 있던 딸은 오히려 나에게 괜찮은 것 같단다. 괜찮은 것 '같아선' 안 돼. 괜찮아야 한단 말이다. 엄마가 많이 걱정하고 있음을 눈치 챈 우리 딸이 이제 조금만 아프다

고, 괜찮다고 애써 말했다. 혹시 몰라서 아이용 선글라스를 챙겨 온 것이 다행이다. 앞으로 이렇게 강한 햇볕 아래에서 활동할 때는 꼭 선글라스를 씌워 줘야지.

해리스 팜은 다른 마켓과 비교했을 때 과일, 고기, 수산물 코너가 훨씬 다양하다. 거기다 이곳엔 정말 달콤한 망고 & 오렌지 100% 생과일주스가 있다는 사실! 어제 맛을 본 아들이 이걸 꼬옥− 사다 달라고 부탁했다.

우리 돈 14만 원어치 장을 봤다. 손이 크기도 하다. 어떻게 다 들고 갈 거니. 마음 가는 대로 사버린 대책 없는 사람이 바로 나다. '이런 걸 언제 맛보겠어?' 하며 자두도 세 종류나 사고, 망고, 소고기 꽃등심, 태즈메이니아 Tasmania, 호주 초남단의 섬 산 연어, 닭다리까지⋯. 신선한 음식 재료들이 빛을 내며 '저 데려가 주세요. 여기도 있어요.' 하며 내게 말을 거는 것 같았다.

오늘은 뉴팜 파크와 그 주변을 구경하기로 했다. 처음으로 호텔 주변을 벗어나 멀리 가보는 것이라 설렜다. 하늘이 어찌나 선명한지 구름이 금방이라도 내 손에 잡힐 것만 같은 기분이었다.

"나는 호텔로 돌아갈래."

엥? 아들아, 넌 지금껏 침대에서 뒹굴뒹굴하고 있다가 나선 건데? 새로운 복병이 등장했다. 이 녀석이 호텔에서 나오자마자 다리가 아프단다. 다리가 아픈 게 아니라 움직이기 싫은 거겠지. 이 멋진 풍경을 보고도 그런 말이 나온단 말이냐!

딸과 나는 시티캣의 탁 트인 뱃머리에서 브리즈번의 풍경을 실컷 누리고, 아들은 실내 어딘가에 반쯤 누워 있는 상태로 출발했다. 도착해서도 아들은 계속 힘이 없는 눈치였다.

우리도 공원에서의 여유를 누려 보자며 돗자리를 펼쳤다. 이런, 돗자리가 매우 작고 얇다. 여행 오기 전, 인터넷 쇼핑몰에서 총 길이를 확인하지도 않고 사버린 탓이다. 새 상품을 포장 그대로 들고 온 내 잘못이다. 돗자리 아래에 깔린 돌무더기의 형태를 보지 않고도 알 수 있을 정도였다.

잠시 카드놀이를 하며 쉬다가 간식을 먹으려는데 아들이 좋아하는 비타민도, 과자도 먹지 않았다. 입맛이 없다고 하며 목마른지 계속 물만 마셨다. 얼굴을 보니 핏기가 없고 뜨겁다. 꼭 열사병 걸린 사람처럼 기운이 없었다. 음, 꾀병이 아니었구나. 이 녀석 진짜 상태가 안 좋구나.

돗자리 위에서 강을 멍하니 계속 바라보고 있자니 정수리가 너무 뜨겁다. 안 되겠다. 철수!

아이들은 공원 내의 놀이터를 발견하고 엄청난 속도로 뛰어갔다. 힘없는 건 싹 잊었나 보다. 열 살 쯤 되어 보이는 호주 아이가 우리 아들을 포함한 꼬맹이들 네 명을 태워 빙빙이를 돌려주었다.

우리 아들은 왜인지 모르겠지만 바깥에서도 신발을 자주 벗고 논다. 오늘도 역시 신발을 벗고 기구에 올라탔다. 그런데 이 호주 아이가 움직이던 중, 아들의 신발을 건드렸다. 보통의 경우, 대부분의 아이들은 신경 쓰지 않고 넘어간다. 감동적이게도 아이는 신발을 가지런히 한쪽에 모아두고는 다시 빙빙이를 돌려주었다. 아유, 어쩜 저리 바를까. 아이의 인성에 감탄했다.

나는 호주의 모든 어린이를 본 것은 아니다. 그중에서 예의바르지 않은 아이도 있을 테고, 남을 배려하지 않는 아이도 있을 것이다. 하지만, 여태껏 본 호주 아이들은 질서를 잘 지켰고 본인보다 나이가 어린 동생에게 특히 많이 배려했다. 어른들은 아이들이 놀고 있는 상황을 계속 지켜보면서

만약의 경우를 대비하는 듯했다. 아이들 대부분 서로서로 양보하며 놀이터를 즐겼지만, 혹시라도 그들 간의 언쟁이 발생할 여지가 보이면 부모들이 적극적으로 개입해서 본인의 아이를 타이르고 가르쳤다. 그리고 어른들이 본인 아이에게든, 상대방 아이에게든 시종일관 미소로 대하는 모습이 굉장히 인상적이었다.

　한참을 놀다 결국 아들이 토를 했다. 다행히 아침에 먹은 음식은 소화된 것 같고 물만 토했다. 아침부터 계속 기운이 없었는데, 그 마음을 헤아려 주지 못한 것 같아 마음이 짠했다. 잠깐, 우리 아들이 계속해서 물을 먹었는데 설마 그게 문제였을까?

　생각해 보니, 어제 아주 맛있게 마셨던 주스 통을 재활용한답시고 거기에 물을 채워서 줬다. 통에 과일즙이 조금 남아 있었지만, 비타민 워터처럼 만들 생각으로 일부러 씻지 않고 물을 섞었다. 으이그…. 높은 기온에 당연히 어제 산 주스가 상했을 거란 생각은 왜 못한 거니? 서둘러 한 모금 마셔 보고는 단숨에 뱉었다. 상할 대로 상해서 3년 묵은 홍어처럼 톡! 쏘는 맛이라 도저히 입에 넣을 수 없는 물이었다. 어쩐지 아까 아들이 물맛이 좀 이상하다고 하더라. 그때 나는 과일즙이 들어가서 보통 물과 다른 맛이 나는 거라고 의기양양하게 설명해 주었다. 정말 바보 같은 엄마다. 아들의 상태는 자칫 장염으로 이어질 수 있는 아주 위험한 상황이었다. 나의 과오는 꿈에도 모른 채 아들이 꾀병을 부린다고만 생각했다. 에휴.

사랑스러운 아들딸 모두에게 오늘 대단한 죄를 저지른 것만 같아 정말 미안했다. 앞으로 더욱 신경 써야겠다. 애들아, 엄마가 정말 미안해.

오늘따라 기운이 떨어진 우리 셋은 브리즈번 여행 중 최단 시간인 5시간 만에 호텔로 돌아가기로 했다. 아이들은 다시 호텔까지 돌아가기가 힘에 부치는지, 천진난만하게 말했다.

"엄마, 그러고 보니 우리 호주 와서 택시 한 번도 안 탔어. 돌아갈 때는 택시 타면 되겠다!"

해맑은 녀석들…. 동남아시아에서 그랩^{Grab, 동남아 지역의 공유 택시}의 맛을 톡톡 히 본 이 사랑스러운 녀석들 같으니라고……. 세상 그렇게 편하게 살면 안 된다구~

"호주는 대중교통이 잘 되어 있어서 택시가 없단다."

나는야 양치기 소녀. 미안한 건 미안한 거고 규칙은 규칙이다!

당신도
같이 뛸래요?

    2월의 브리즈번은 오전 6시부터 점점 밝아지기 시작한다. 창밖을 보니, 벌써 주변 카페들이 문을 열고 있었다. 조깅하는 사람들, 강아지를 데리고 산책하는 사람들, 출근하는 사람들이 힘차게 하루를 시작하고 있었다. 이토록 자연이 깨끗한 나라 호주에 왔으니 나도 상쾌한 아침을 누려야겠지? 나만의 자유 시간을 갖기로 마음먹고 한두 시간 정도의 산책을 즐겼다.

　네빌 보너 브리지^{Neville Bonner Bridge}를 건너 사우스뱅크 쪽으로 가보았다. 아니, 이게 정녕 오전 7시의 풍경이란 말이야? 사우스뱅크 파크랜드^{South Bank Parkland}의 리버 워크에는 남녀노소를 불문하고 수많은 사람이 걷고, 뛰고 있었다. 그중에서 단연코 인상적이었던 광경은 유모차를 끌며 뛰고 있던 부모들이다. 건강 유지에 진심인 사람들이구나. 조깅하는 사람들이 많다고 익히 들어보았지만 이 정도일 줄은 몰랐다.

주말 아침, 온 가족이 이렇게 일찍 나와서 러닝을 즐기는 모습이 참 행복해 보였다. 호주 사람들의 워라밸Work & Life Balance 하나는 확실한 듯하다. 가정에 충실한 모습도 정말 보기 좋았다. 내가 지향하는 삶의 형태가 바로 저런 삶이다!

산책을 나오니 기분이 상쾌해지는 것은 물론이요, 미리 동선을 파악할 수 있어서 그날의 계획을 짜는 데 많은 도움이 되었다. 덕분에 사우스뱅크에 몰려 있는 여러 명소의 위치를 대략 파악할 수 있었다.

이튿날은 도심 한가운데 자리 잡은 거대한 정원인 시티 보타닉 가든을 거쳐 무작정 걸어보기로 했다. 브리즈번에는 대표적인 도보 다리 두 곳이 있는데 하나는 어제 내가 산책했던 네빌 보너 브리지고, 하나는 캥거루 포인트 그린 브리지Kangaroo Point Green Bridge다. 네빌 보너 브리지와 마찬가지로 이 다리 역시 차가 다니지 않아 안전하게 강을 건널 수 있는 곳이었다. 이른 아침이었지만 역시나 많은 사람이 조깅과 산책을 즐기고 있어서 전혀 무섭지 않았다. 다리를 건너니 강을 따라 또 다른 공원이 이어졌다. 계획하고 그곳을 찾아간 것이 아니라 무심코 걷다가 우연히 가보게 되어 더욱 새로웠다.

캡틴 버크 파크Captain Burke Park의 끝에서 익숙한 동상 하나를 발견했다. 베트남 사람이 전통 밀짚모자인 '농라'를 쓰고 있는 동상이다. 작년에 우리 아이들과 베트남의 대표적인 도시들을 뜻깊게 여행했기에 한눈에 알아볼 수 있었다. 글귀를 자세히 읽어보니 베트남 보트 피플 추모동상Vietnamese Boat People Memorial이라고 쓰여 있다. 베트남 공화국의 패망과 함께 살 곳이 없어진 사람들이 보트를 타고 호주까지 건너왔다고 한다. 브리즈번을 비롯한 호주의 여러 지역에는 이런 추모 동상이 많았다. 비록 이민자라 할지라도 그들을 존중하는 마음을 담아 기념비를 세운다는 것, 진정 인류애를 느낄 수 있는 부분이었다.

다음날엔 시청을 지나 조금만 걸어 올라가면 도달할 수 있는 로마 스트리트 파크랜드로 가봤다. 누군가가 이곳이 시티 보타닉 가든보다 훨씬 예쁜 정원이라고 했다. 형형색색의 아름다운 꽃들이 아기자기하게 피어 있었다. 거대한 나무가 울창했던 시티 보타닉 가든과는 또 다른 매력을 뿜어냈다. 어느 정원이 더 좋다고 감히 평가할 수는 없을 것 같다. 시티 보타닉 가든이 '녹색의 평면 정원'이었다면, 이곳은 '다양한 색깔의 입체 정원'이라고나 할까. 잎사귀 하나, 꽃망울 하나, 청량한 공기 한 방울까지 세심하게 눈에 담았다. 도심에 이렇게 멋진 공원이 하나도 아니고 여러 개가 있다니! 하루하루 골라서 산책하는 재미가 쏠쏠하다.

어제 캥거루 포인트 그린 브리지에서는 소녀들이 학교 단체복을 입고 열심히 뛰고 있었는데 오늘 이 공원에서는 소년들이 줄지어 뛰고 있다. 이들이 모두 우리 아이들 나이 또래쯤이라 왠지 모르게 정이 갔다.

"매일 아침마다 이렇게 모두 뛰는 거니?"

소년들이 뛰는 것을 잠시 멈추고 음수대에서 물을 먹을 때, 슬그머니 물어보았다.

"당신도 같이 뛰어도 돼요!"

수줍게 말하는 내 아들 또래의 아이. 그 누구도 흉내 낼 수 없는 창의적인 대답이다. 내 예상은 어쩌면 '네, 맨날 이렇게 뛰어요.' 내지는 '아니오, 운동회 준비로 이번 주만 뛰어요.' 등의 진부한 대답이었는지도 모른다. 이미 아름다운 도시 풍광과 따뜻한 배려에 감동하고 있던 차에 이 꼬마까지도 날 감탄하게 만들다니.

어떤 날은 리버 워크를 주욱 따라서 '조금만 더, 조금만 더 걷자.' 하다가 뉴팜 파크까지 걸어가게 되었다. 갑자기 빗방울이 떨어지기 시작했다. 여태껏 비를 만난 적 없이 화창한 날씨였는데, 처음 겪는 일이었다. 다시 호텔로 돌아가서 우산을 가지고 나올까 하다가, 여행자는 시간이 생명이므로 그냥 맞고 다녔다.

강을 따라 카페 몇 개가 있었다. 스토리 브리지^{Story Bridge} 바로 밑의 펠롱스 브루잉^{Felons Brewing}은 어느 곳에서나 잘 보이는 카페다. 시티캣에서도 여러 번 봤던 곳이다. 볼 때마다 사람들이 기다란 바에 앉아 강을 바라보며 맥주 한 잔씩 즐기고 있었기에 무척 와보고 싶었다. 단잠에 빠진 아이들만 두고 나온 거라 여기서 알코올이나 음식을 즐기는 건 사치다. 조만간 남편과 함께 브리즈번을 찾게 된다면, 저 카페에서 마르게리타 피자^{Margherita Pizza}와 생맥주 한 잔을 같이 즐겨봐야지. 평소에 술 한 모금 먹지 않는 나지만 왠지 이곳에서만큼은 들이켜 보고 싶다.

열심히 걷다 보니 2.6Km나 걸었다. 돌아가면 아침에만 총 5Km 넘게 걷는 셈이다. 매일 상쾌한 산책이라니! 아이들과의 일정이 '언제 어디서 무슨 일이 일어날지 예측할 수 없는, 긴장 가득한 탐험'이라면, 이렇게 오롯이 나 혼자서 하는 일정은 '평온한 설렘이 가득한 힐링'이다. 브리즈번강의 반짝거림도, 별 것 아닌 평범한 주택도, 산책을 즐기는 사람들도, 저기 보이는 높은 건물도 어찌나 평화롭게 보이던지. 많은 번뇌와 고민이 한꺼번에 싹 사라질 것만 같은 고요와 평화였다. 게다가 미세먼지 하나 없는 깨끗한 하늘까지 함께하니 이보다 완벽한 산책은 없을 것이다.

딸과 아들은 내가 아침 산책에서 돌아올 무렵 눈을 비비고 일어났다. 하루에 한두 일정씩 느릿느릿하게 하는 여행이라지만, 항상 어딘가 새로운 곳을 찾아 돌아다니는 탓에 아이들은 이른 저녁이라도 베개에 머리를 붙이

기만 하면 바로 잠에 빠져들었고, 아침이 되도록 한 번도 깨지 않고 푹 잤
다. 딸은 본인도 여기저기 멋진 공원을 가보고 싶은지 새벽 6시가 되면 꼭
깨워달라는 부탁을 하더니, 눈을 잠깐 떴다가 쏟아지는 잠을 이기지 못하
고 바로 다시 잠들었다.

생애 첫 독주회
: 작지만 용감했던 무대

엄마와의 아침 산책을 고대하며 딸이 그린 그림

브리즈번 여행이 점점 끝나갈 무렵, 딸은 꼭 같이 산책하자고 신신당부했다. 일어나기 힘들어하는 눈치여서, "더 잘래?" 하니 오늘만큼은 함께 산책하고 싶단다.

혼자 갈 때와 사뭇 다르게 속도는 느렸지만, 도란도란 이야기하며 갈 수 있어서 행복했다. 어린이임에도 불구하고 어른인 나보다 훨씬 성숙한 모습에, 한편으로는 뿌듯하면서도 한없이 미안하다. 엄마라는 위치와 역할이 처음인지라 딸에겐 항상 서투르다. 아이를 키우면서 나 역시 한 인간으로서의 성장을 거듭하고 있다. 언제나 부족한 엄마는, 더 멋진 엄마가 될 것을 속으로 끊임없이 되뇌는 중이다.

터널 속 덩그러니 놓여 있는 피아노가 눈에 들어왔다. 인터넷 검색을 통해 이미 알고 있었지만 딸 앞에서는 마치 우연히 발견한 듯 호들갑을 떨었다. 그래야 더 큰 기쁨을 줄 수 있을 것 같아서.

"우와! 저기 웬 피아노가 있네? 피아노 실력 한번 뽐내볼까?"

아이는 피아노 치기를 정말 좋아한다. 누가 시키지도 않았는데 하루에 피아노 학원을 두 번 갈 때도 있을 정도다. 딸은 한참을 망설이다가 용기 있게 의자에 앉았다. 〈말할 수 없는 비밀〉 OST에 나오는 〈시크릿〉을 멋들어지게 연주하니, 지나가던 현지인과 여행객이 엄지 척 하며 구경했다.

"Lovely!"

(사랑스러워요!)

작은 연주회를 기꺼이 들어준 사람들의 관심과 격려가 아이에게는 커다란 용기와 희망이었을 것이다. 유난히 수줍음이 많은 딸은 브리즈번에서의 첫 '독주회'를 성공적으로 마무리하고 해맑게 미소 지었다. 우리 딸의 옹골진 자신감이 조금이나마 성장할 기회를 얻었기를 진심으로 바라본다.

코알라와 캥거루는 처음이야!

어김없이 오전 산책을 마치고 호텔로 돌아와 아침밥을 준비했다. 싱싱한 태즈메이니아 산 연어 스테이크에 양배추와 양파를 듬뿍 넣은 요리를 선보일 계획이다.

아아, 입어서 살살 녹는다 녹아. 한국에서 먹는 연어에 비해 훨씬 고소하고 담백한 맛이 느껴졌다. 아니, 빛깔 자체가 달라서 비교 불가다. 머나먼 나라에서 수입한 연어가 아닌, 현지의 섬에서 직접 잡은 연어의 맛! 먹어본 자만이 알 수 있는 맛이다.

론파인 코알라 생츄어리는 동물원이 아니라 보호구역Sanctuary이다. 호주에만 자생하는 특별한 동물들을 보호하려는 노력이 각별히 느껴지는 명칭이다. 혹자는 이곳에 오픈런 해야 활기찬 코알라와 캥거루를 볼 수 있다고 했지만 아이 둘 딸린 나에게는 무리다. 여유 있게 오전 10시에 출발했다.

445번 버스를 타려고 시간표를 보던 중, 운 좋게 버스가 왔다. 카드를 찍자 내 것은 '띠띠' 소리가 나며 인식되지 않았다. 어제부터 고 카드가 말썽

이어서 걱정이었는데 또 말썽이군. 기사님이 놀란 내 표정을 보더니 그냥 타란다. 많은 관광객이 카드가 없는 경우도 많고, 잘 안 찍히는 경우도 많다고 말씀하셨다. 내 뒤의 한국인 커플도 그냥 태워주셨다. 인심 좋은 젊은 기사님이다.

이분은 시내로 돌아가는 버스 간격이 1시간 정도니 미리 버스 시간표를 알아 두라고 당부했다. 여행지에서 이렇게 친절을 베풀어 주는 사람들을 만날 때마다 다짐하게 된다. 나도 도움이 필요한 사람들에게 언제 어디서나 조건 없는 친절을 베풀겠노라고.

론파인 코알라 생츄어리 역시 일일권을 먼저 끊고 당일 내에 차액을 지급하면 연간회원권으로 조정이 가능하다고 했다. 들어가자마자 코알라 만지기 체험을 한 우리 아들이

"이 동물원이 베스트다!"

라고 하자마자 다시 입구로 나와 연간회원권으로 업그레이드했다. 우리 아들은 거의 우리 집 총사령관급이다. 이 녀석의 한마디에 모든 일정이 좌지우지되는 경우가 많다.

난생 처음 보는 코알라. 복슬복슬한 털에, 순한 눈망울에, 둥그스름한 코까지 귀염의 집합체였다. 엉덩이는 어찌나 오동통하던지. 돌돌 말아놓은 솜 뭉팅이 같기도, 도톰한 담요 같기도 했다. 자세히 보니 코알라마다 엉덩이 무늬가 다 달랐다. 쿨쿨 자는 코알라, 아기를 업고 있는 코알라, 셋이 한 덩어리 마냥 똘똘 뭉쳐 있는 코알라, 떨어질 듯 말 듯 나무에 기대어 있는 코알라. 아기 코알라는 행여나 엄마에게서 떨어질세라 귀여운 발톱으로 엄마의 양 어깨를 꼬옥 움켜잡고 있었다. 마치 어느 동화책 속의 한 장면으로 들어온 것만 같았다. 하염없이 바라만 보아도 흐뭇해지는 그 기분! 엄마가 곤히 잠든 아기를 바라볼 때의 심정과도 같았다. 품어주고 싶은 모성애를 자극하는 작은 생명체들이었다.

두 번째 방문했을 때에는 녀석들이 나무에서 땅으로 내려와 활기발랄하게 뛰어 놀았다. 뛰어다니는 코알라를 상상해 보았는가. 코알라가 나무에 앉아 졸고 있는 것도 신기한데 겅중겅중 뛰는 코알라라니!

태어나서 처음 접하는 캥거루를 볼 생각에, 우리 아이들도 나도 들떠 있었다. 철조망 문을 열고 들어가니 드넓은 평원이 펼쳐졌다. 이 광활한 곳에서 캥거루가 자유롭게 쉬고 먹고 생활한다. '그래봤자 조금 더 넓겠지.'라고 생각했던 나의 심상은 오산이었다. 너희들이야말로 진정한 승자구나!

아이들은 평원 곳곳을 돌아다니며 직접 먹이 주는 것을 즐겼다. 이렇게 동물과 직접 교감할 수 있다니 참 좋은 경험이다. 평화롭게 낮잠 자는 캥거루, 가만히 앉아 지켜보고 있는 캥거루, 슬며시 다가와 고개를 내미는 캥거루. 이 녀석들은 코알라와는 반대로 졸린 할아버지들 같았다.

　호주에서만 볼 수 있는 코알라, 캥거루, 트리 캥거루, 태즈메이니안 데빌 등등 신기한 동물을 봐서 정말 좋았다. 알을 낳는 포유류인 오리너구리는 몸은 수달 같은데 입이 오리다. 아이를 낳기 전까지는 오리너구리의 존재를 몰랐다. 아들이 백과사전을 들고 와서 이런 동물이 있다면서 가르쳐 주었을 때 '젖으로 새끼를 키우는데 어떻게 알을 낳아?' 하고 의아해 했다. 도저히 상상할 수 없었던 동물을 이곳 호주에 와서 처음 본 것이다.

성인이 된 후, 동물원 방문은 아이들에게 교육과 체험의 기회 제공 그 이상도 이하도 아니었다. 이미 다 알고 있는 생명인지라 그다지 신기하다고 생각해 본 적도 없다. 하지만 론파인 코알라 생츄어리에서 코알라를 처음 본 순간, 무언가에 홀린 듯이 넋을 잃고 관찰했다. 동물을 봐도 생동감이나 호기심 따윈 전혀 느낄 수 없었던 무미건조한 내게, 잃었던 동심을 부풀게 해 준 곳이 바로 이곳이다. 나도 모르게 순백의 어린 시절로 돌아간 것 같았다.

우리 가족 모두 인생 최고의 동물원으로 꼽는 론파인 코알라 생츄어리. 그 후 다시 간 호주여행에서도 여러 번 방문했다.

Summer의 호주여행 사용설명서

론파인 코알라 생츄어리에 관한 알짜배기 정보

이곳은 시티로부터 약 1시간가량 떨어진 곳에 있으며 대중교통으로 충분히 갈 수 있다. 현재 445번, 430번 버스가 이곳으로 간다. 하지만 버스의 배차 간격이 1시간 정도나 시간표 체크는 필수다. 일일 입장권을 끊은 뒤 동물원에 자주 올 것 같다 싶으면 연간회원권으로 당일에 한해 업그레이드할 수 있다. 처음에 끊었던 미니 패밀리 데일리 패스(어른 1+어린이 2)가 115AUD고 연간회원권은 189AUD였다. 두 번 이상 방문할 계획이 있다면 연간회원권으로의 전환을 추천한다.

마운트 쿠사에서 보는
브리즈번

지난 베트남 여행에서 엄마를 잘 따라다녔던 아들 녀석이 달라졌다. 이 녀석 벌써 사춘기가 온 게야? 초등학교 1학년인데? 벌써 몇 번째 나가기 싫다는 말을 해서 이번에는 꾀를 좀 내봤다.

"준비하자.", "옷 입자." 과장 조금 보태서 100번은 말해야 실행에 옮기는 아들에게 아무런 말도 걸지 않았다. 말없이 내가 외출 준비를 하는 동안, 아들은 침대에 가만히 누워 뒹굴뒹굴하고 있었다.

"우리 다녀올게. 저녁 늦게 올 거야. 여기 먹을 건 딱히 없단다. 잘 있어."

"일찍 오면 안 돼?"

나가긴 싫어도 혼자 오래 있긴 또 소마소마한가 보다.

"그럼 튜브랑 납작 복숭아 사서 1시간 안에 돌아올게. 그리고 마운트 쿠사 전망대 가자."

이러니 알았다고 좋아한다. 단순한 녀석. 내 꾀가 통했다.

호주에 온 뒤로 아들의 튜브에 펑크가 나버려 한 개 구매하자고 계속 이야기하던 참이었다. 그런데 우리의 하루일정이 끝나고 돌아오면 타겟^{Target},

빅 더블유^{Big W} 같은 잡화점들이 어김없이 문을 닫은 시각이라 계속 못 사고 있었다(오후 5시만 되어도 문을 닫는 상점이 많다). 아들 덕분에 오전 시간을 확보할 수 있게 된 나는 딸과 함께 숙소 주변의 잡화점으로 향했다.

12시가 넘어서 출발했다. 여행에서는 이런 여유도 좋다. 매일 일찍 일어나 바쁘게 하루를 시작했으니 하루쯤은 여행자로서의 허세를 누리며 천천히 시작하는 것도 나쁘지 않다. 앤 스트리트^{Ann Street}의 12번 정류장에서 471번 버스를 기다렸다. 어제 론파인 생츄어리에 가는 445번 버스도 바로 탔기 때문에 조금만 기다리면 버스가 오는 줄 알았다. 하지만 어제는 1시간 간격으로 오는 버스를 운 좋게 시간이 맞아서 타게 된 것이었다.

아무 대책 없이 정류장에 앉아 기다리는데 버스가 오질 않는다. 서서히 아들의 짜증이 발동 걸리기 시작했다. 버스가 도대체 언제 오냐며 역정을 냈다. 한참 만에 시간표를 확인해 보니 맙소사! 버스가 오기까지 40분이나 더 남았다.

준비 없이 여행 온 테가 팍팍 나는군. 아들이 버스가 오기까지 몇 분이나 남았냐고 물어봤을 때, 나의 디폴트 대답인 '3분'이라고 대답해 두었다. 40분과 3분은 명백히 다르다. 이젠 아까 왜 3분이라고 말했냐고 성화다. 흑흑.

"음, 그럼 기다리는 동안 가까운 곳에 있는 안작 스퀘어에 가볼래?"

호주 도시의 곳곳에는 아프리카 전쟁, 한국 전쟁, 베트남 전쟁, 말레이시아 전쟁, 세계 제2차 전쟁 등에 참여한 군인들을 추모하는 곳인 '안작 스퀘어'가 있다. 브리즈번의 경우 시내 한복판에 있어, 우리 같은 여행자들도 쉽게 접근할 수 있었다.

짧은 시간 동안이나마 군인들을 추모하고 무사히 버스에 올랐다. 30여 분 정도 가니 멀리 마운트 쿠사 방문자 센터Mount Coot-tha Visitor Information가 보였다.

거의 모든 사람이 내리는 것 같아 따라 내렸다. 정류장 바로 앞의 천체 투영관을 구경했다. 아들이 그림을 보며 하는 말이, 지구는 정확히 23.5도 기울어져 있단다. 오, 영어설명이 딱 그렇게 쓰여 있었다. 정말 대단한 꼬마 우주과학자로군. 우주를 좋아하는 아이가 있다면 한 번쯤 방문해 봐도 좋을 듯하다. 하지만 정작 나는 자꾸만 눈이 스르르 감기고 하품이 나왔다. 아이들이 구경하는 사이, 나도 모르게 푹신한 가죽 소파에서 꿀잠을 자버렸다.

이상하다. 아무리 주위를 둘러봐도 강하게 내리쬐는 햇볕만 느껴질 뿐 전망대처럼 생긴 곳이 보이질 않아 주위를 두리번거리고 있었다. 나이 지긋하신 센터 직원분이 무엇을 찾느냐고 말을 건넸다. 전망대로 가려면 어디로 가야 하냐고 물으니, 깜짝 놀라며 이곳이 아니라는데.

분명 '마운트 쿠사'라고 쓰여 있으나 전망대는 아니었다. 또 실행오류를 저질렀다. '마운트 쿠사'라고 적혀 있기만 하면 다 전망대냐고요. 알고 보니, 우리는 종점인 전망대에 가기 바로 한 정거장 전인 '마운트 쿠사 보타닉 가든'에 내렸다. 마침 그곳에 방문자 센터가 있었던 것이다. 지도로 봤을 때 그리 멀게 느껴지지 않아서 그럼 걸어서 가겠다고 말했다. 직원은 한참을 가야 한다며 손사래를 쳤다. 그러더니 어디선가 471번 버스의 시간표가 적힌 종이를 가져와 형광펜으로 밑줄 쫙쫙 그어가며 알려 주었다. 어쩜 이렇게 정성을 다해 설명해 주시는 걸까. 진심 어린 성의가 느껴졌다. 전망대에서 시티로 출발하는 막차가 오후 4시 13분이니 놓치지 말고 꼭 타라는 말씀까지 해 주셨다.

　어휴, 내가 실수로 마운트 쿠사 보타닉 가든에서 내리는 바람에 막차 시간을 알게 되었지, 실수 없이 전망대까지 가서 내렸으면 분명히 막차를 놓쳤을 것이다. 때로는 이런 꼼꼼하지 못함이 우연히 빛을 발한다. 몰랐던 사실을 기가 막힌 타이밍에 극적으로 알게 되었을 때, 더욱 안도한다.

마운트 쿠사 전망대에서 보이는 브리즈번의 모습. 평평한 도시에 가운데만 높은 빌딩들이 봉긋 솟아 있다. 잔잔하며, 평화롭고, 사랑스러운 도시. 나는 자연을 사랑하지만, 그렇다고 도시의 편리함을 포기할 수는 없는 사람이다. 브리즈번은 딱 내가 생각하던 이상향의 도시였다. 친절한 사람들이 가득한 브리즈번. 갑자기 눌러앉고 싶어지는데?

막차 출발 시각 1분 전까지 감상을 즐기다 후다닥 버스에 올라탔다. 버스 안에서 보는 풍경도 참 좋았다. 버스를 타지 않았다면 보지 못했을 이 거리와 사람들. 편하게 앉아서 보는 '공짜 풍경 여행'도 내겐 선물이었다.

아이를
혼자 두지 마세요

마운트 쿠사에서 버스를 주욱 타고 내려오다가 밀톤^{Milton} 페리 선착장에서 내려 시티캣을 탔다. 물론 버스를 타고 시내까지 들어갈 수도 있지만, 이번엔 다른 방법으로 가고 싶었다. '로버트 프로스트^{Robert Frost}'의 「가지 않은 길」처럼, 경험해 보지 않은 길을 택할 때의 두근거림은, 새로운 선택에 대한 불안정함을 훨씬 뛰어넘는다. 이날 '가지 않은 길'은 '뻔하고 안전한 길'이었고, '간 길'은 '생생한 모험이 가미되어 흥미진진한 길'이었다. 새로운 길은 충분히 잘한 결정이었다. 가는 동안 내내, 도시의 아름다움에 대한 내 동경을 켜켜이 쌓아갔으니까.

마침내 우리가 도착한 곳은 브리즈번 스퀘어 도서관이다. 시내와 근접해 여행자들도 쉽게 갈 수 있는 위치다. 도서관 앞에서는 작은 마켓이 열리고 있었다. 여행지에서의 마켓 구경은 소소한 재미를 가져다준다.

'2 for 10AUD'

한 쿠키 상점에서 이 글귀를 보고 순간 헷갈렸다. 먹음직스럽게 생긴 두꺼운 쿠키 열 개를 2AUD에 살 기회다! 한국보다 싸잖아? 실은 두 개에

10AUD라는 말이었다. 아직 높은 호주물가에 적응하지 못하는 중이다. 그

럼 그렇지.

도서관의 규모가 상당히 커서 중앙에 각 층으로 향하는 에스컬레이터가 있었다. 2층 한국 책 코너에 자리 잡고 앉아 책을 읽었다. 30여 분이 지났을까. 별안간 아들이 3층에 올라가 보고 싶다고 했다. 이럴 때 아이 둘 이상의 엄마는 갈등한다. 어느 아이에게 붙어 있을 것인가. 고민하다가 다리가 좀 아프기도 해서 일단 딸 곁에 10분 정도 머무르기로 했다. 그 뒤, 아들이 3층으로 잘 갔을까 걱정되어 올라가 봤다.

마음에 든다. 도서관에 체스와 퍼즐이 있다니! 우리 애들이 체스와 퍼즐을 좋아하는지 어떻게 알고 구비해 놨나 싶을 정도다. 아들은 혼자 체스를 두고 있었다. 머리가 희끗희끗한 사서가 멀리서 우리 아들을 계속 주시하다가 내가 나타나자 그제야 안심한 듯 미소 지었다. 그때까지는 몰랐다. 아이를 혼자 놔두는 것이 그렇게 눈에 띄는 것인 줄.

아들과 마주 앉아 체스를 뒀다. 집에서는 항상 내가 패했지만, 오늘은 승부수가 좀 있겠군.

딸이 조금 있다가 숨을 가쁘게 쉬며 나타났다. 아이가 2층에서 3층으로 가는 에스컬레이터를 타려고 하자, 사서와 청원경찰이 동시에 나타나서 묻더란다.

"Where is your mother?"

(너희 엄마는 어디에 있니?)

"Where are you going now?"

(지금 너는 어딜 가니?)

"I go 3rd floor……."

(3층이요…….)

"우아~ 정말? 영어로 대화 나눠 본 거야? 정말 좋은 경험이네!"

이야기를 듣자마자, 딸이 호주 현지인과 영어로 대화를 나눴다는 사실에 기뻤다. 외국인과 자연스럽게 마주쳤을 때 당황하지 않고 영어 한 토막이라도 말한 우리 딸이 자랑스러웠다. 비싼 사교육 없이 나만의 방식으로 키운 보람이 있구나. 잘했어! 딸 속도 모르고 혼자서 신이 나 우쭐해졌다. 칭찬을 쏟아내던 중, 얼떨떨한 딸의 표정이 뒤늦게 눈에 들어왔다. 이 아이에게는 자신이 영어로 대화를 나눴다는 기쁨이 안중에도 없어 보였다.

"엄마, 저 사람들이 무서운 표정으로 계속 물어봐서 너무 조마조마했어."

아…. 순간 반성했다. 딸의 두려운 감정은 눈곱만큼도 공감하지 못한 채, 오로지 아이가 현지인과 소통한 것에만 경망스럽게 반응했다. 조금 뒤에, 사서와 청원경찰이 등장했다. 이들은 아이가 '혼자서' 에스컬레이터를 이용해 3층으로 올라가려는 것을 보고 안전을 위해 보호자에 관해 물어봤다고 했다.

우리나라에서는 아주 위험한 상황이 아닌 이상, 아이가 혼자 있어도 어른들이 크게 관심 두지 않는다. 우리 아이들 역시 초등학교 1학년 때 새 학기를 시작하는 첫 일주일을 제외하고는, 모두 스스로 등하교한다. 더군다나 도서관처럼 안전하다고 인식되는 장소에서 어린이 혼자 책을 읽고 있는 모습은 아주 자연스럽다. 하지만 호주는 달랐다. 여행 내내 많이 느꼈다. 어딜 가나 키즈 프렌들리한 나라인 만큼, 아이들의 안전을 굉장히 중요시하는 것 같았다. 아이가 혼자 있는 모습을 보는 순간, 수많은 사람이 관심을 갖고 주시한다.

이해가 갔다. 너무나도 공감했다. 아무렇지도 않게 아이를 혼자 둘 때, 위험한 상황에 빠질 경우의 수는 언제나 존재한다. 우연하게도 어제 인터넷 뉴스를 보다가 대전에서 일어난 초등학생 사망 사건을 접했다. 학생을 보호해야 할 선생님의 손에 초등학교 1학년 아이가 사망한, 그 끔찍한 사건을 말이다. 한동안 머리가 띵했었는데, 아이가 혼자 교실을 나서는 그 순간에 처참한 일이 벌어졌음에 정말 많이 충격이었는데.

여행이 끝나갈 무렵 브리즈번이 속한 퀸즐랜드 주에서는 12세 미만 아이를 혼자 두는 것이 불법이라는 사실을 알았다. 이후 보호자들의 동태를 관심 있게 보니 실제로 그들은 아이들의 곁에 있거나, 먼발치에서라도 항상 지켜보고 있었다. 그러고 보니 나는 며칠 전에도 아들을 놀이터에 홀로 두고 딸과 장을 보러 갔다. 평소 대수롭지 않게 여겼던 부분에 관해 다시 생각해 보는 계기가 되었다.

One, two, three, jump!
그 순간의 행복

사우스뱅크에는 브리즈번을 대표하는 조형물이 있다. 모든 관광객이 인증 사진을 찍고 갈 정도로 유명한 상징물이다. 여러 번 지나갔던 곳이지만 오늘따라 더 예뻐서 한참을 머물렀다.

벤치에 앉아계시던 할아버지께 우리가 점프하는 사진을 부탁드렸다. 그랬더니 연속촬영은 어떻게 하냐고 재치 있게 물어봐 주셨다.

"One, twc, three, jump!"

(하나, 둘, 셋, 점프!)

할아버지도 껄껄껄, 우리도 깔깔깔. 할아버지는 우리들의 점프가 재미있으셨는지 '아들이 높게 뛰지 않았다, 딸이 눈을 감았다, 이번엔 사진이 흔들렸다.' 등의 감사한 조언을 하시며 정성스럽게 찍어주셨다.

"이번엔 저가 찍어드릴게요!"

본인은 여기에 살아서 이 멋진 조형물을 언제든 볼 수 있다며 괜찮단다.

내가 무척이나 행복해하고 있으니 딸이 하는 말.

"엄마, 오늘 정말 장난스러워. 가끔 엄마가 너무 진지해서 말 걸기가 어려 웠는데."

"그랬어? 엄마 지금 너무 행복해!"

나는 이 순간만큼은 누구의 엄마가 아니라, 한 인간으로서 이곳을 즐기고 있었다. 가만, 그동안 내가 아이들에게 진지한 모습을 많이 보여줬나? 새삼 어색하다. 나는 '진지함'과는 거리가 먼 사람이라고 생각했는데 왜 아이는 그런 생각을 한 걸까?

여행 첫날부터 지금까지 길 찾기, 음식 만들기, 남매의 싸움 중재 등등 모든 것을 혼자 감당해야 해서 진지해졌었나 보다. 어째 진지하다는 말은 돌려 말한 표현 같다. 점점 아이들에게 심각한 엄마, 화내는 엄마로 변하고 있었다. 갑자기 진지해졌다. 아이의 한마디는 나를 반성하게 했다. 아이들을 위해 여행한다고 하면서 정작 그들의 마음은 헤아리지 못했다니 정말 부끄럽다. 아이들에게 더 온화하게 대해야겠다.

멋진 왕관을 쓴 채, 'Miss Australia'라고 써진 흰색 띠를 두른 할머니가 사진을 찍고 있는 게 보였다. 진짜 미인대회에 출전하려는 할머니인가? 이분은 50년 전에 'Miss Australia'에 출전하여 당당히 미모를 인정받았다고 한다. 그날을 회상하며 자랑스럽게 말씀하시던 그녀의 미소가 고왔다. 이렇게 리마인드 촬영을 해 보는 것도 참 좋은 기억이 되겠구나 싶었다. 세월이 흘러 백발의 할머니가 되었을 때, 성인이 된 우리 아이들과 같이 이곳에서 점프 샷을 찍으면 어떤 기분이려나.

문화생활을
즐겨 볼까?

　현대미술관에 도착했다. 뉴욕의 MOMA를 따라 지은 이름인지는 몰라도 GOMA라는 이름이 입에 착착 달라붙는다. 아시아 태평양 출신 작가들의 전시가 진행되고 있었다. 어제 장을 보러 갈 때, 길가에 세워져 있는 어떤 작품을 보았다. 흡사 어린이가 그린 것 같은 순수한 그림체가 기억에 남았다. 신기하게도 이곳 GOMA의 어린이 미술관에 같은 작품이 대문짝만하게 걸려 있었다. 말레이시아 코타키나발루 출신의 작가는 독창적인 캐릭터로 자신만의 메시지를 전달하고 있었다. 2년 전, 가족들과 코타키나발루에서 최고의 휴가를 보내고 왔기에 이 작가가 왠지 모르게 반가웠다.

　가장 인상 깊었던 전시는 'Everyone Brisbane'이라는 제목의 영상이다. 웨스트 엔드 지역 초등학교에 다니는 다국적 친구들이, 함께 만든 노래를 부르고 있었다. 그중에는 한국 아이가 한국어로 '안녕!' 하고 말하는 장면도 있었다. 여러 나라에서 모인 사람들이 사는 곳이니만큼 모두 서로를 이해하고 존중하자는 의미가 담긴 영상이었다. 한참을 보고 있자니 나도 모르게 뭉클해졌다.

어린이 전시실을 나오자 아들이 '마이쮸 같은 것'이 먹고 싶단다. 엇, 성인 전시도 봐야 하는데 어떡한담.

"응. 간식을 싸 왔는데 아까 입장하기 전에 물품보관소에 맡겼어. 이제 우리 가방 찾으러 가자~"

하면서 얼렁뚱땅 1층부터 3층까지 다 보고 내려왔다. 아들은 아직 방향 감각이나 지리 감각이 둔하다. 그래서 이렇게 나만의 교묘한 꼼수를 부려 살살 달래는 방법이 통한다. 이 녀석이 조금 더 커서 나보다 감각이 더 발달해 버리면 그땐 어떤 수법을 써야 하려나.

나는 달콤한 디저트류를 굉장히 좋아하지만 '마이쮸', 즉 찐득거리는 질감을 가진 사탕류에 질색한다. 아이들이 마이쮸, 젤리, 사탕 이런 '찐득이'에 왜 저리 열광하는지 도무지 이해할 수 없지만, 비상사태를 대비해 소지하고 다니는 중이다.

잠깐의 간식타임을 가졌다. 아침에 과일 도시락을 쌀까 말까 고민하다가 '찐득이'만 조금 싸서 나왔는데 가는 날이 장날일 줄이야. 아들이 물어봤다.

"엄마, 납작 복숭아 있어?"

아이들이 과일에는 또 질색이라 항상 과일 섭취에 신경 쓰는 편인데 하필 오늘따라 과일을 찾다니, 흔치 않은 기회를 놓쳐 아깝다. 그리고 아쉽다. 아이를 키우는 엄마들은 이 심정을 충분히 이해할 것이다. 지금 이렇게 배고플 때 납작 복숭아를 주었다면 정말 잘 먹었을 텐데.

　바로 옆 주립 도서관은 브리즈번 스퀘어 도서관보다 규모가 훨씬 크지만, 어린이실은 아기들 책 위주로 되어 있어서 초등학생에게는 조금 지루한 공간이 될 수도 있겠다. 하지만 우리 아이들은 영어를 유창하게 하는 수준이 아니라 오히려 이곳을 잘 즐길 수 있었다.

　도서관의 하이라이트는 바로 뷰다. 브리즈번강 바로 옆에 있어서 정말 멋진 전망을 감상할 수 있다. 강을 바라보며 온종일 공부하라고 해도 할 수 있겠다. 도서관에 사람은 별로 없다. 인구밀도가 낮은 탓이겠지? 어딜 가나 한적하게 그 장소를 즐길 수 있다는 게 제일 부럽다. 내가 브리즈번에 산다면 이곳에 맨날 올 거야.

깨끗한 도서관에 노숙인 몇 명이 그들의 거대한 살림을 옆에 두고 컴퓨터 혹은 핸드폰을 만지작거리고 있었다. 아무도 그들을 보고 싫은 내색을 하지 않았다. 우리나라 같으면 아무래도 불편한 시선을 주고 그 주변으로는 어떤 사람도 다가가지 않았을 테지만, 이곳에서는 아무렇지도 않게 보통 사람들처럼 대하고 있었다. 기념품 가게에서도 마찬가지였다. 오히려 관광객인 나에게는 눈길 한번 주지 않던 가게 주인이 한 노숙인 여성에게 굉장히 친절한 말투로 필요한 것은 없는지 물어보더라는 것.

　챙겨주고 감싸 주려는 마음을 볼 수 있었달까. 이후 여행에서, 길에 이불을 깔아두고 생활하는 사람의 자리를 정리하고, 물건이 바람에 날아가지 않게 정돈해 주는 모습을 보았다. 먹을 것을 건네는 사람도 여럿 봤다. 맞다. 노숙인도 한때는 평범한 사람들처럼 일하고, 돈을 벌어 생활했을 것이다. 그들을 서로 같이 살아가는 존재로 인식하는 듯 보였다. 호주여행 전반에서 느꼈던 배려를 여기서 다시금 마주할 수 있었다.

　주립 도서관을 나오자 브리즈번 어디에서나 보이는 대관람차가 눈앞에 떡하니 나타났다. 아들이 이번엔 넘어가 주려나. 앗, 아니다. 오늘도 어김없이 타야 한다고 졸라댔다. 남편과 같이 여행 왔다면 누가 같이 탈지 팽팽한 눈치싸움이라도 했을 테지만, 홀로 아이 두 명을 데리고 여행 온 엄마에게 선택지란 없다.

　사실, 점점 늙어가는 나는 대관람차 따윈 관심 없다. 어제 마운트 쿠사에서 본 브리즈번의 전경이 얼마나 멋졌는데. 스카이 덱에서 본 전망은 또 어떻고? 그런 구료 전망대를 놔두고 비싼 돈을 내고 타야 한다니. 거기다가 이젠 높은 곳으로 올라가면 정말 무섭단 말이다. 혹시 고장으로 인해 멈추기라도 하면? 줄이라도 끊어지면? 오만가지 불안한 상상이 스쳐 지나갔다.

하지만 어쩔 수 없다. 군인 정신으로 어디 한번 용감하게 타보자. 다행히 관람차는 생각 이상으로 안정감 있었다. 캡슐 안에서 숨 졸이며 감상했다. 아휴, 계속해서 돌아가고 있다. 당연히 한 바퀴만 도는 줄 알았으나 무려 다섯 바퀴나 태워준다. 가격이 있는 만큼 인심도 후한 대관람차였다.

Summer의 호주여행 사용설명서

브리즈번의 명소는 줄을 지어 위치한다.

브리즈번강을 따라 현대미술관, 주립 도서관, 퀸즐랜드 박물관, 브리즈번 조형물, 퀸즐랜드 예술 센터, 스트리츠 비치가 줄지어 있다. 한곳에 모여 있으니 마음이 편하다. 시간이 촉박한 여행자라면 차례대로 한꺼번에 관람할 수 있어 동선을 절약할 수 있다.

사우스뱅크에 나타난
거대한 튜브

한국에서부터 들고 온 튜브에 구멍이 난 관계로, 본의 아니게 튜브를 두 개나 구매했다. 하나는 큰 도넛 모양, 하나는 거대한 아이스크림 바 모양이다. 호주 사람들은 어릴 때부터 수영을 배우기에 수영장에서 아무도 튜브를 사용하지 않는다는 사실을 이미 알고 있었지만, 아이들이 다리 건너 '스트리츠 비치'까지 튜브를 꼭 가지고 가야 한단다. 아이스크림 튜브는 어제 내가 사력을 다해 빵빵하게 공기를 채워 놓은 상태다. 이 거대한 튜브를 불어대느라 내 평생 폐활량 다 쓰는 줄 알았다.

지나가는 모든 사람들의 눈빛이 모두 우리를 향했다. 그 와중에 지나가던 젊은 한국인 여성이 웃었다.

"헐, 튜브 엄청 커! 풉."

그래, 물론 웃겨서 웃었겠지. 남동생이 튜브를 가지고 놀고 싶어 해서 본인도 합세해 같은 계획을 세웠던 우리 딸조차도 사람들이 많이 쳐다봐서 민망하다고 했다.

안전 가드는 튜브는 가지고 놀되, 혹시 모를 사고에 대비해 보호자가 옆

에 있으라고 조언했다. 애석하게도 튜브 반입이 허용되는군. 허용되지 않
길 바랐는데 말이다.

   큼지막한 튜브는 비치에 와서도 관심을 한 몸에 받았다. 관심이라기보다
는 다들 '헉, 저걸 들고 오다니.' 하는 분위기다. 수많은 핸드폰이 우릴 향해
있었다. 각국의 관광객들이 대놓고 우리를 찍었으니 얼굴이 전 세계적으로
공유되겠구나. 생각만 해도 아찔하다.
   어쨌든, 아물단지 아이스크림 튜브 덕분에 아이들은 더 즐겁게 놀았다.
같이 들고 온 커다란 도넛 튜브는 크나큰 관심이 부담스러워 공기 주입조
차 하지 않았다. 아니, 이걸 입으로 불 생각을 하니 벌써 쓰러질 지경이다.

마지막까지
이토록 친절하다니

사랑스러운 도시, 아이들에게 친절한 도시, 여행자에게 관대한 도시, 더 오래 머물고 싶었던 도시. 모든 것이 다 좋았던 브리즈번이다. 아쉬움을 뒤로하고 캔버라로 떠나는 날이다. 알뜰살뜰 여행자는 이번에도 역시 대중교통을 이용해 브리즈번 공항으로 갈 예정이다.

아이들에게는 새로 산 캐리어를 밀게 하고, 나는 바퀴가 으스러진 보라색 캐리어를 밀었다. 땀이 뻘뻘 났지만 그래도 어찌어찌 굴러간다. 바퀴가 아예 떨어져 나가 버린 비운의 회색 캐리어는 호텔 측에서 폐기해 준다고 해서 두고 나왔다. 참 신기하기도 하지. 면세점에서 산 캐리어는 고장 난 보라색 캐리어 대용으로 구매한 건데, 브리즈번 도착과 함께 갑자기 유명을 달리한 회색 캐리어의 대용이 되어 버렸으니. 엇갈린 운명이다. 한동안 우리의 손발이 되어 주었던 정든 회색 캐리어여, 안녕.

다행히 아이들이 씩씩하게 캐리어를 밀어준 덕에 수월하게 안작 스퀘어까지 도착했다. 이곳을 빠져나가 센트럴 역으로 올라가기만 하면 된다. 안작 스퀘어 초입에 엘리베이터가 있었지만, 왠지 더 들어가면 역과 연결된 통로가 있을 것만 같았다. 나의 예리한 촉을 믿어보기로 하고 그대로 쭉 들어갔다.

아, 똥 촉이었다. 분명 내 촉으로는 저곳에 센트럴 역으로 바로 가는 지하 통로가 있어야 하는데 막힌 벽 뒤편으로 높다란 계단만 있었다. 이번에도 쓸데없는 오기를 부렸다. 하하하. 쓴웃음이 나왔다. 안 되겠다. 다시 돌아가서 엘리베이터를 타야지. 아들의 난리부르스가 예상되지만 어쩔 수 없다. 작전상 후퇴!

순간 보잉 선글라스를 낀, 하얀 셔츠에 청바지를 입은 할아버지가 '짜잔!' 하고 우리 앞에 등장했다. 손에는 방금 산 롱블랙long black³과 크루아상 봉지가 있었다. 배낭을 메고 있는 것으로 보아 어디론가 바쁘게 출근 중일 것이라 예상되었다. 할아버지는 대뜸 우리에게 어디로 가냐고 묻더니, 본인의 소지품을 우리에게 맡기고는 캐리어를 번쩍 들어 저 높은 계단 위로 올려주셨다. 무려 20kg이 넘는 캐리어 두 개를! 출근길에 본인 역시 두 손 가득 들고 있었음에도 아무런 대가 없이 여행자를 도와주다니. 오늘 처음 만난 타인에게, 그것도 외국인에게 이렇게 호의를 베풀어 주셔도 된단 말입니까?

---

3   커피의 한 종류로 뜨거운 물 위에 에스프레소 샷을 더해 만든다. 주로 호주와 뉴질랜드에서 마신다.

반대의 상황이었다면 나는 외국인에게 도움을 줄 수 있는 그릇일까? 아이들과 장기여행을 경험해 본 후, 헤매고 있는 외국인 여행자나 근로자를 보면 조금이나마 도움을 주기 위해 노력한다. 그런데 만약 아침의 바쁜 출근 시간이었다면? 아무래도 그냥 지나쳤을 것이다. 일단 내 출근이 더 중요하다. 괜히 모르는 사람에게 호의를 베풀다 직장에 늦으면 나만 손해니까 말이다. 나였다면 어떻게 행동했을까 생각해 보니 이분께 더욱 감사한 마음이 들었다.

센트럴 역 바로 옆 '소피텔'에서 엔지니어로 근무하고 계신다는 이 할아버지는 우리가 편안하게 역으로 갈 수 있도록 호텔과 연결된 에스컬레이터 앞까지 캐리어를 옮겨 주셨다. 내 얼굴은 땀범벅이었고 온 정신이 없었지만, 뭐라도 고마움의 화답을 드리고 싶어서 서둘러 배낭을 뒤지기 시작했다. 드릴 것이라곤 어린이 영양제 젤리밖에 없어서 아쉬운 대로 그걸 선물로 드렸다. 멋진 브리즈번 할아버지, 정말 감사했습니다!

우리가 타야 할 항공기는 지연으로 악명 높은 젯스타 되시겠다. 저가 항공이라 모든 수속은 본인이 알아서 진행해야 한다.

수화물 부치는 곳에서 캐리어를 힘겹게 올렸다. 한 개는 20.7kg, 다른 한 개는 26kg이 나왔다. 나는 사전에 위탁 수화물 20kg 두 개를 구매해 두었다. 다행스럽게도 20.7kg은 반 내림 되는 모양인지 컨베이어 벨트를 통과해 들어갔다. 나머지 캐리어 한 개가 과체중이다. 직원을 찾아가라는 메시지가 떴다.

　직원이 추가 2kg당 20AUD고, 총 요금은 120AUD라고 설명해 주었다. 당연히 차액을 지급할 생각으로 지갑을 여는 찰나, 그녀가 캐리어 안의 물건을 꺼내 두게를 조정해 보라고 조언해줬다. 기내용 짐이 7kg까지 되니 저울에 무게를 재보면서 20kg으로 맞춰 보란다. 짐을 잘 정리해보겠다고 하니 "Good!" 하며 웃어준다. 아, 무게 허용치보다 초과하면 짐을 빼서 조절하면 되는 거였어? 아까운 추가금을 내야 한다고 생각해 시무룩했던 내 얼굴에 언제 그랬냐는 듯이 화색이 돌았다.

　자, 26kg에서 6kg을 어떻게 뺄 것인가. 무게가 많이 나갈 것 같은 물티슈와 옷, 우산, 선글라스 통 등을 꺼내 다시 재어보니 19Kg이 나온다. 캬아, 이과 출신답게 수치 하나는 기가 막히게 잘 맞춘단 말이지. 하지만 1kg이라도 힘들게 들고 갈 순 없지. 다시 아이들 옷을 집어넣고 재어보니 20kg이 약간 넘는다. 나이스, 통과!

지금 생각해 보면 헛웃음만 날 뿐이다. 쓰레기통 옆에서 정리도 안 된 캐리어를 활짝 '열었다 닫았다' 물건을 '뺐다 넣었다' 했다. 그날 저녁 나의 소중한 무릎에는 작은 멍들이 생겼고 통증까지 느껴졌다.

성공적으로 캐리어를 붙이고 나니, 밖으로 끄집어 낸 6kg의 애물단지들을 들고 갈 일이 문제다. 하지만 어찌하랴. 내 피 같은 돈을 아끼려면 고생 좀 해야지. 땀으로 얼룩진 초라한 행색에, 각자 배낭 하나씩을 짊어지고, 보자기 천으로 된 장바구니를 두 개씩 들었다. 보부상이 따로 없다.

하나의 난관이 또 남았다. 이번엔 기내 수화물 무게초과로 추가비용을 내게 될 상황이 올 수도 있다. 게이트 앞에서 가슴 졸이며 탑승을 기다렸다. 다행히 무게 검사는 하지 않았다. 휴, 십 년 감수했다.

비행기가 막 떠 상공을 활주할 무렵 창문 밖으로 하얀 물거품을 머금은 파도와 광활한 해안이 보였다. 저기가 골드코스트 아니야? 여전히 아름다웠다. 한번은 서퍼스 파라다이스 비치에서, 또 한 번은 77층의 전망대에서, 마지막 한 번은 높은 상공의 비행기 안에서, 총 세 장소에서 환상의 골드코스트를 감상할 기회를 얻다니 우리는 진정 행복한 여행자다.

기내는 깔끔했지만 몹시 추웠다. 배낭 속에 들어 있는 바람막이를 꺼내 아이들에게 입혀주려는 생각을 계속하다가, 쏟아지는 잠을 주체 못 하고 나도 모르게 곯아떨어져 버렸다.

눈부시게 아름다운
골드코스트 Gold Coast

기대하지 않아서 더욱 찬란했던 해변

"끝없이 펼쳐진
 서퍼스 파라다이스 비치에서 꿈을 꾸었다.
 그리고 이곳을 다시 찾겠노라고 다짐했다."

끝없이 이어진 해변

여기가 바로
지상낙원이다

처음부터 골드코스트는 그렇게 와 닿지 않았다. 나는 원래부터 도시 구석구석을 탐험하길 좋아하는 여행자기 때문. 아무래도 브리즈번이 내 여행 스타일에 더 맞는 것 같아, 브리즈번에 숙소를 잡되 당일로 골드코스트에 다녀오기로 마음먹었다.

브리즈번에서 골드코스트의 서퍼스 파라다이스 비치는 대중교통으로 편도 약 2시간가량 걸린다. 골드코스트에서의 일정이 단 하루이므로 서둘러야 한다. 새벽 6시부터 아이들을 깨워 봤지만, 도무지 일어날 생각을 하지 않았다. 녀석들, 어제 그제 재미있었던 일정으로 참 고단하기도 하겠다.

부지런히 준비해 7시 30분에 센트럴 역에 도착했다. 첫날 공항 열차를 탄 후, 대중교통은 거의 이용하지 않았기 때문에 또다시 머릿속이 복잡해지기 시작했다. 골드코스트 행 기차가 플랫폼 1번에서 출발한다는 사실을 확인하고 서둘러 내려갔더니, 어떤 열차가 문을 연 채 서 있었다. 냅다 탈까 하다가 혹시나 해서 열차 안에 먼저 타 있던 현지인에게 확인해 봤다.

골드코스트 가는 열차는 아니고 '보 블라블라~'행 열차라고 어찌고저찌고 얘기하는데 못 알아들었다.

다른 목적지를 가는 열차도 1번 플랫폼에 서는 건가? 아무리 생각해도 모르겠어서 다시 올라가 역무원에게 확인했다. 그녀 역시 친절하게 설명해 주었다. 순간, 누군가 바닥에 떨어뜨리고 간 모자가 눈에 띈다. 누가 흘리고 간 걸까. 잠시 잠깐 바라보고 있던 찰나, 바삐 출근하던 한 호주 여성이 조심스레 모자를 주워 한쪽 기둥에 올려두었다. 혹시라도 모자를 잃어버린 그 누군가가 그것을 찾으러 다시 왔을 때, 쉽게 찾을 수 있도록 배려한 듯 보였다. 우리나라였다면 어땠을까. 바쁜 출근길에, 누군가의 발길에 이리 채이고 저리 채여 내동댕이쳐지지는 않았을까? 청소부에 의해 발견되어 쓰레기통으로 맥없이 버려지지는 않았을까? 타인에게 큰 관심 없는 우리 사회와는 많이 상반된 풍경이라 그 짧은 순간에 여러 가지 생각이 스쳐 지나갔다.

엇, 지금 무슨 생각을 하고 있었던 걸까. 서둘러 골드코스트 행 급행열차에 안전하게 탑승했다. 가는 길 내내 넓디넓은 평지와 나무가 보였다. 계속해서 이어지는 자연을 보고 있자니, 작년 여름에 갔던 인도네시아가 떠올랐다. 그때 우리는 반둥 지역에서 무려 6시간 동안이나 열차를 타고 족자카르타로 갔다. 세계 어느 곳에서든 자연은 언제나 위대함을 선사하는 것 같다. 거대한 자연 앞에서 한없이 작아짐을 느꼈다.

표를 예매해두었던 스카이 타워에 도착했다. 전망대가 있는 이 빌딩은 현재 호주에서 가장 높은 빌딩이라고 한다. 입구에서 표를 확인하던 여성 직원이

"breakfast 어쩌고저쩌고 sit 어쩌고저쩌고 블라블라~~"

하는데 도통 무슨 말인지 알아들을 수가 없었다. 다시 물어봤다.

"So we don't need to have breakfast?"

(아침밥 안 먹어도 되는 건가요?)

내 의도는 '입장권만 샀는데 혹시 전망대에 올라가서 아침 메뉴를 의무적으로 사 먹어야 하는 건 아니죠?'라는 거였는데 잘 전달되었는지는 의문이다. 그랬더니 옆에 있는 남성 직원이

"You can just see, you cannot sit on the table!"

(전망만 바라볼 수 있고 아침 식사를 신청하지 않았기 때문에 테이블에는 앉을 수 없어요!)

라고 미국식 영어로 또박또박하게 말해 준다. 아하, 이런 말이었구나.

안내판에는 77층까지 단 38초 만에 간다고 쓰여 있었지만 체감상 10초도 안 되게 도착하는 느낌이다. 호주에서 가장 긴 해변이 한눈에 내려다보이는 전망대 앞에서 입을 다물 수 없었다. 세상에 이렇게 아름다운 해변이 있다니! 에메랄드, 파랑, 코발트 등 세상 모든 종류의 푸른색이 조화롭게 섞인 색감의 파도가 춤을 추듯 일렁이고 있었다. 단언컨대, 내가 본 골드코스

트는 그 어떤 바다보다 멋지고 아름다웠다. 해변을 따라 길게 쭉 늘어선 고층 빌딩은 자연의 위대함을 넘보지 않을 정도로만 존재했다.

굽이굽이 흐르는 네랑강. 브리즈번강과 마찬가지로 엄청난 굴곡을 자랑한다. 신이 장난을 쳤나 싶을 정도로 구불구불 굽어 있었다. 대부분의 주택은 본인만의 수영장을 소유하고 있었다. 그 모습을 본 우리 딸이 수영장이 딸린 집에서 살고 싶다고 나지막이 말했다. 하하. 수영장이 딸린 넓은 저택에 살면 엄마도 참 좋겠다. 대신 관리인이 여러 명 있어야 할 것 같구나?

압도적인 풍경이 모두 내 발아래 있다니! 치명적인 아름다움에 한참을 감탄하고 있는데,

"엄마, 다 봤으니까 얼른 수영하러 가자~"

이 모든 감상을 확실하게 부숴 버리는 이가 있었으니, 수영을 3시간이나 할 수 있다는 말에 전망대에 순순히 따라온 아들 녀석이다. 아무리 내 친아들이라지만 '기브 앤 테이크^{Give & Take}'가 아주 정확한 녀석일세. 더 오랜 시간 머물고 싶었으나, 산통을 깬 녀석의 요구에 하는 수 없이 내려와 해변으로 향했다.

광활한 해변에 사람이 적다. 이건 분명 내 기준으로 사람이 적은 거지 현지 사람들 기준으로는 충분한 인파일 수 있다. 하긴 영토는 우리나라의 77배인데 인구수는 절반이니 한산하다고 느끼는 것이 당연하다. 어딜 가나 사람 수로 인해 압박을 느끼지 않았다. 하와이 호놀룰루나 부산 해운대와는 확연히 달랐다.

골드코스트 해변이 해운대나 호놀룰루의 그것과 다를 바 없을 것으로 생각했었다. 물가 비싼 호주에 놀러와서까지 휴양에만 시간을 할애하기 싫었다. 현지인이 된 것처럼 도시의 이모저모를 둘러보고 싶었다. 하지만 골드코스트는 내 예상과는 전혀 다른 곳이었다. 끝없이 이어진 해변의 끝에 다른 세계로 이어지는 통로가 있진 않을까? 기가 막힌 상상을 해 보았다. 그만큼 현실인지 꿈인지 헷갈렸다. 아, 인생의 진정한 유토피아는 바로 이곳이다.

　일렬로 서 있는 갈매기 군단이 우리를 반겨주었다. 아이들은 파도를 맞으며 바다를 즐기고, 나는 모래사장에 돗자리를 깔고 앉아 그들을 관찰하며 풍경을 즐겼다. 가까운 곳에 한 엄마와 아이가 보였다. 골드코스트에 휴가를 즐기러 온 듯 했다. 엄마는 아이 옆에서 모래 놀이도구를 거들어 줄 뿐, 많은 말은 하지 않았다. 그러다가 아이가 보이는 곳에 누워 책을 읽기 시작했다. 잠깐 본 모습이었지만 그녀의 모습이 나와 많이 닮은 것 같아 많이 공감되었다.

　나는 아이들에게 참견하지 않는 편이다.

　'이것도 만들어 볼까? 저건 어때? 엄마가 해줄까?'

끊임없이 아이에게 제안할 수도 있었다. 모든 것에 방향을 제시해 주고, 보다 쉽게 갈 수 있도록 매끈한 포장도로를 만들어 줄 수도 있었다. 하지만 아이의 편한 미래를 위해, 정작 아이의 의견은 뒤로 한 채 필요 이상으로 공들이는 게 결과적으로는 서로에게 독이 되지 않을까? 일방적으로 인도하는 대신, 나는 그들의 선택을 존중하기로 마음먹었다.

아이가 자기만의 중심을 갖고 인생의 항로를 직접 개척해 나갔으면 한다. 인공적이거나 인위적이지 않은 방법으로, 그저 물 흐르듯이 자연의 섭리를 따라 살아가면 좋겠다. 아이에게 스스로 생각해 볼 시간을 주는 것, 아이의 솔직한 의견을 경청하는 것이야말로 내가 해줄 수 있는 최선의 '뒷받침'이 아닐까. 때로는 부모의 '능동적 침묵'이 아이의 '무한한 발전'을 이끌어 준다고 생각한다.

강렬한 햇볕이 피부를 강타한다는 말을 익히 들어봐서 우리는 챙이 아주 넓은 모자를 썼고 긴 래시가드를 입었다. '다리 정도는 타도 별문제 없겠지.' 하고 짧은 수영복을 입힌 게 화근이었다. 아이들의 다리는 새빨간 장작처럼 타 버렸고, 나 역시 발을 햇빛에 그대로 내놓고 있다가 온통 시뻘겋게 되었다. 신난 아이들은 아랑곳하지 않고 바다와 모래 사이를 오갔다. 그렇게 한창 땡볕에 4시간이나 있었다.

해변의 위대함에 압도되어 내가 더 신나서 아이들의 사진을 찍어주었다. 노는 시간이 점점 길어지자, 멍하니 바다를 즐기며 책을 조금 읽다가 나도 모르게 잠들었다. 계속해서 들려오는 파도 소리가 내 마음에 평온을 주었다.

원래는 1시 30분부터 진행되는 채리스 씨푸드^{Charris Seafood}의 펠리컨 먹이 주기 이벤트를 볼 계획이었지만, 아이들은 이곳을 떠날 생각이 없어 보였다. 특히 아들은 파도 타는 걸 어찌나 즐거워하는지 계속해서 파도를 기다렸다. 물론 그의 파도타기는 무릎 정도 높이의 바닷물 속에서 첨벙거리다가 파도가 오면 가볍게 뛰는 정도다.

파도 즐기기에 제대로 빠져버린 아이를 보니 문득 젊은 시절의 내가 떠올랐다. 남편과 단둘이 간 하와이의 마우이 섬에서 나도 저렇게 마냥 들떴던 어린아이였다. 겁 없이 부기 보드에 몸을 싣고 파도를 탔다. 하하 호호 깔깔거리며. 오늘의 꼭 저 녀석같이 말이다. 남편은 그런 나를, 지금의 내가 아들을 바라보는 것처럼 흐뭇하게 바라보았고 사진을 찍어주었다.

잠깐 단잠에 빠진 사이에 꿈을 꾸고 있었던 것 같다. 현실과 꿈 사이를 분간하지 못하고 있을 즈음 귓가에 달콤한 소리가 들려오는 것 같았다. 이게 꿈인가? 생시인가? 꿈일 거야…. 알고 보니 아이들이 내 곁에 다가와서 하는 이야기였다.

"엄마, 바닷가에 슬라임이 있어!"

이 깨끗한 해변에 웬 슬라임? 웬 여자 가슴 보형물 같은 물컹물컹한 물체가 모래 위에 있었다. 이게 뭔가 하고 발로 툭툭 건드려 보니 느낌은 진짜 슬라임이다. 주변에 비슷한 물체 여러 개가 떠 내려와 있다. 혹시 해파리일까?

놀고 있는 현지 아이들에게 물어보니 죽은 해파리란다. 아무리 죽은 해파리라도 느낌이 아주 묘했다. 건드리면 왠지 다시 살아나서 나를 공격할 것만 같은 느낌이었다.

호주의 강렬한 햇빛을 만만하게 봤나 보다. 선크림 없이 그대로 햇볕에 노출된 아이들의 두 다리는 화상 일보 직전이었다. 자칫하다간 병원에 가서 치료를 받아야 할 정도로 심각했다. 아아, 10여 년씩이나 아이를 키워봤으면서 이토록 바보 같은 초보 엄마란 말인가. 아이들이 선크림 바르는 걸 달갑지 않게 생각하기도 하고, 괜히 호주의 청정바다가 우리로 인해 오염되지나 않을까 하는 노파심에 맨살을 그대로 드러내고 놀아버린 탓이다. 시간이 지나자 화상 입은 곳은 더 뻘겋게 달아올랐다.

그날 이후 아이들의 다리는 햇볕에 화상 입은 쪽과 입지 않은 쪽이 극명하게 구분되는 상태로, 누가 보면 상아색 반바지를 입었나 싶을 정도로 타버렸다. 심각한 상황인지 모르는 아이들은 다리 아랫부분은 초콜릿 색, 윗부분은 바닐라 색이라 두 가지 맛 아이스크림 같다며 웃어댔다.

호텔로 돌아와서 샤워할 때, 나의 사랑스러운 아기 새들은 물이 닿기만 해도 아프다며 꺅꺅 소리를 질러댔다. 아이고, 이날 엄마로서의 나의 죄책감은 인생 최고조였다. 어쩌자고 우리 보석들의 살갗이 이렇게 될 때까지 가만히 있었는가. 한국에서 SPF 50짜리 선크림을 여섯 개나 가져와 놓고, 가장 중요한 순간에 사용하지 않았다니!

아이들을 바른 자세로 침대에 눕힌 뒤에, 얼음물에 충분히 적신 수건을 다리에 올려주었다. 꺄까 괴성을 지르며 아프다고 난리다. 그런데 이상하게도 얼굴은 싱글벙글 웃고 있다. 살갗이 다 타서 심각한 상황임에도 즐거운 우리 아이들. 미안하면서도 고마웠다.

<u>Summer의 호주여행 사용설명서</u>

서퍼스 파라다이스 비치 안전하게 즐기기

생각보다 파도가 센 편이다. 따라서 항상 안전요원이 지켜보고 있다. 빨강노랑 깃발을 양쪽에 세워둠으로써 수영할 수 있는 구간을 구분하고 있다. 재미있게 놀다 보면 그 구간을 벗어나는 경우가 생길 수 있으므로 주의가 필요하다. 어린아이들은 무릎 아래까지만 정길 정도의 깊이에서 놀도록 하자. 파도가 점점 거세지면 물놀이가 제한되는 때도 있다.

Tap on,
Tap off!

시간 가는 줄 모르고 재미있게 놀다 보니 오후 3시가 되어간다. 근처의 HOKA 갤러리에서 늦은 점심도 먹고 예술작품의 세계로 들어가 볼까. 시간이 조금 애매하긴 하다. 우린 다시 브리즈번으로 돌아가야 하니까. 그래도 여기까지 왔는데 갤러리로 가보자. 구글 지도를 검색해 보니 731번 버스를 타라고 안내했다.

버스정류장으로 가기 위해 아까 내렸던 트램역을 지나치는 그 순간. 오, 마이 갓!

트램이 오가는 길옆으로 진한 분홍색 기계가 햇빛 아래 영롱하게 반짝거리고 있었다. 예쁜 우체통 같은 저것은 다름 아닌, 고 카드를 찍는 기계다. 우리나라에는 트램이라는 교통수단이 없으므로 저렇게 덩그러니 따로 떨어져 있는 기계가 내게 익숙할 리 없다. 하지만 모든 핑계를 다 대 봐도 나는 무임승차를 한 사람이 되어 버렸다.

그나저나 저게 왜 지금 보이는 걸까. 브리즈번과 골드코스트를 오갈 때 카드 Tap on/Tap off를 잘해야 벌금을 물지 않는다고 여러 번 들었지만 놓쳤다. 서둘러 카드를 찍어보니 2.5AUD의 요금이 떴다. 이곳으로 오는 과정을 머릿속으로 찬찬히 되감기 해 보았다.

브리즈번의 센트럴 역에서 골드코스트의 헬렌스베일 역에 잘 도착했고, 플랫폼에 내려서 계단을 따라 올라갔다. 2층에서 개찰구가 여러 방향으로 나 있었는데 한가운데에 개찰구 두 배 너비의 길이 뻥 뚫려 있었다. 나중에 알고 보니 이 공간은 화물용 문이었고, 하필이면 오늘 그 문이 아주 활짝 열려 있어 문인지 통로인지 구분이 안 가는 상황이었다. 하차한 승객들이 그 통로로 tap off 없이 통과하는 걸 보고, '트램으로 환승하는 사람들은 이 길을 통해 가나 보다.'라고만 생각했다. 한국의 지하철에서 환승할 때 개찰구 통과 없이 바로 다른 노선으로 넘어가듯이 말이다. 사람들을 따라 내려 가니 G-Link라고 써진 트램이 서 있어서 아무런 의심 없이 탑승했다. '우리가 갈 서퍼스 파라다이스 역까지 열네 정거장이나 되는구나. 많긴 많네.' 이따위 생각을 하면서.

브리즈번에서 온 탑승객들은 헬렌스베일 역의 개찰구에서 tap off 한 다음, G-Link의 트램을 탈 때 분홍색 기계에 다시 tap on 해야 한다. 나는 이 과정을 완벽히 건너뛰었고, 서퍼스 파라다이스 역에서 내렸을 때 역시 tap off 하지 않았다!

나에게 닥칠 시련을 전혀 인지하지 못했다. 스카이 전망대에서 신나서 구경할 동안이나 해변에서의 행복한 시간 동안, 이 사실을 꿈에도 알아채지 못했기 때문에 아무런 근심·걱정 없이 골드코스트를 즐길 수 있었던 게 다행이라면 다행이랄까.

실수했다고 생각하니 갑자기 낯이 뜨거워지며 기운이 푹 빠졌다. HOKA 갤러리의 5층 카페에서 멋진 전경을 감상하며 늦은 점심을 먹을 계획이었지만, 장시간의 물놀이로 아이들까지 힘든 눈치라 오늘도 계획 변경이다. 흔히 있는 일이라 뭐 서운하지도 않다. 버스 정류장까지 갔다가 힘없이 다시 트램 정거장으로 돌아갔다. 오리 모양을 한 수륙양용 관광차가 위용을 뽐내며 쓱 지나간다. 아유, 재미있겠다. 오늘 저지른 만행 때문에 울상인 나와는 대조적으로 저 위에 있는 사람들은 행복한 표정으로 골드코스트를 즐기고 있구나. 부럽다. 쩝.

다시 서퍼스 파라다이스 역에서 고 카드를 tap on 했더니 어라? 2.5AUD가 또 찍혔다. 다시 열네 정거장을 간 뒤 헬렌스베일 역에서 환승 기계에 찍으니 2.5AUD가 또 나간다. 어라? 요놈 봐라? 이상한데? 너 나한테 왜 이러는 거야? 하지만 가만히 생각해 보면 방귀 뀐 놈이 성내는 꼴이다. 우리는 세 명이라 오늘 벌금요금으로만 총 22.5AUD를 지불하게 된 셈이다.

브리즈번행 열차를 기다리며 역무원에게 내 사연을 토로했다. 친절한 역무원은 많은 관광객이 그런 실수를 한다면서 카드 뒷면에 적힌 전화번호로 통화해 보라고 조언해 주었다.

13 12 30

이 전화번호답지 않은 번호가 이 지역의 교통을 담당하는 트랜스링크Translink의 번흐란다. 마음을 가다듬었다.

'직원이 아무리 빨리 말해도 당황하지 말자. 침착하자. 내 사정을 또박또박 말해 보자.'

기차 안의 수많은 사람이 나의 하찮은 영어 실력을 들을 테지만, 그럼 또 얼굴이 달아오를 테지만, 그깟 창피함은 지금 중요하지 않다. 내게 22.5AUD는 소중하니까!

긴장감을 늦추지 않고 음성인식을 몇 분 따라가니, ARS에서 잠시 기다리란다. 하염없이 기다려도 연결되지 않았다. 끊고 두 번째로 시도해 봤더니 또 불통이다. 24시간 전화 응대라고 떡하니 쓰여 있는데 왜 안 받는 거냐고요. 조바심이 났다.

센트럴 역에 내리자마자 고객센터 창구를 찾아갔다. 희망의 동아줄을 내려주십사 하는 심정으로 간절하게, 애절하게 창구 유리창에 최대한 얼굴을 갖다 붙이고 내가 겪은 상황을 설명했다. 다행히 창구 직원은 우리의 카드를 하나하나 기계에 찍어보더니, 여태껏 탄 내역이 적힌 종이를 뽑아주었다. 몇 시 몇 분에 어느 역에서 타고 내렸는지 정확하게 찍혀 나왔다. 역무원은 Tap on/Tap off를 잘해야 한다며 돌아오는 길의 헬렌스베일 역에서는 이중으로 찍어서 벌금이 부과되었다고 했다. 내가 얼마나 신중에 신중을 기해서 tap on 했는데 이중으로 찍혔다니 귀신이 곡할 노릇이다.

역 창구에서 환불까지 기대해 보았지만, 호주는 역시 분업이 아주 잘 이루어진 나라다. 본인들은 퀸즐랜드 철도청 소속이라 관할이 아니고 트랜스링크로 전화해야 한다고 말해 주더라.

의지의 한국인은 호텔로 돌아와 다시 트랜스링크로 전화를 걸었고, 세 번째 시도 끝에 드디어 직원과 통화할 수 있었다. 친절한 직원은 어느 시각에 벌금을 받게 되었는지 설명하며 1시간 안에 환불해 줄 테니 앞으로는 잊지 말고 잘 Tap on/Tap off 하라고 말해 주었다.

브리즈번–골드코스트 환승구간에서는 너나 할 것 없이 Tap on, tap off 잘하자!

브리즈번에서 나는•••

브리즈번에서 얼마나 지낼 것인지에 대한 고민이 많았다. 브리즈번과 골드코스트를 둘 다 여행할 예정이었지만, 아이 둘과 커다란 캐리어를 들고 여러 번 이동하기는 부담스러웠다. 결국은 두 개의 도시 중 한 군데에서만 묵기로 결정했다.

인터넷 카페에

'브리즈번 ↔ 골드코스트 당일치기 여행이 많이 힘들까요?'

'골드코스트 별로였다 하시는 분 있나요?'

등등의 질문을 올려 보았다. 99%의 사람들은 휴양도시 골드코스트를 추천했다. 대다수가 브리즈번은 볼 게 별로 없으니 하루 이틀 보내고 골드코스트에서 휴양을 즐기라고 추천했지만, 나는 왠지 모르게 브리즈번이 강하게 끌렸다. 내 질문은 어쩌면 이미 브리즈번으로 마음을 정해놓고, 혹시나 해서 타인들의 의견을 물어본 것이 아닐까 생각될 정도다.

많은 댓글 중에 하나의 댓글이 단연코 눈에 띄었다.

'본인이 취향대로 하면 되지 굳이 뜻을 모으는 이유가 있나요?'

냉소적인 댓글이었다. 하지만 그 댓글을 보고 확신의 힘을 얻었다. 맞다. 이미 답은 정해져 있었다. 브리즈번으로 답을 정해 놓고 나 같은 사람이 더 있는지 궁금했었던 모양이다.

아름다울 것만 같은 도시, 평화로울 것만 같은 도시 브리즈번.

여기저기 거닐어 보기, 아름다운 풍경에 취하기, 현대적인 건물 감상하기. 여행가면 내가 빠져들고 싶은 소박한 위시리스트다. 브리즈번은 순수한 자연과 미학적인 현대도시의 두 요소를 한꺼번에 충족시키는 도시였다.

아이를 낳고 남편 직장을 따라 전라남도 순천에 거주해 본 적이 있다. 줄곧 서울에서만 생활했던 나는 이 도시에 대한 기대가 전혀 없었다. 순천으로 이사 오기 직전, 지방의 한 광역시에 잠깐 살았다. 그때 서울보다 턱없이 부족한 문화시설을 보고 적잖은 충격을 받아 이미 실망하고 있었다. 한동안 "언제 서울로 다시 이사 갈까?" 하며 남편을 괴롭히던 차에 남편은 순천으로 발령받았다. 착한 남편은 내가 순천에서 살지 않겠다고 으름장을 놓을까 봐 걱정되었는지 아주 조심스럽게 물었다.

"순천에서 사는 건 어때?"

"상관없어. 서울이 아닌 이상 나한텐 다 똑같아."

당연히 "No!"라고 대답할 줄 알았는데 의외로 쉽게 "Yes."를 해서 놀랐다고 한다. 젊음이 한창인 시절, 화려한 서울 생활을 뒤로하고 지방으로 내려온 내게 서울 말고 그 어떤 도시든 별 의미가 없었다.

한 살배기 첫째 딸과 함께 시작된 순천 생활. 결론부터 말하자면 아무런 연고 없는 이 소도시에서의 생활은 눈물겹도록 좋았다. 하늘의 뜻에 따른다는 이름의 도시 순천. 이름에서 오는 느낌과 걸맞게 사람들은 착하고 순수했다. 보통 어떤 지역의 큰 도로를 보면 사람들의 성격을 대충 가늠할 수 있다고 한다. 순천에서는 화물트럭이나 택시조차도 차선 끼어들기를 하지 않았고, 경적을 누르는 행위도 거의 없었다. 모두 천천히 운전하고 서로 양보했다. 나는 선량한 사람들 틈 속에서 아이들을 안정적으로 키울 수 있었다. 우리 아이들이 이곳에서 꼬꼬마 어린 시절을 보낼 수 있었음에 감사한다.

여태껏 내가 살아본 도시 중에서 맹세코 가장 좋았던 도시라고 할 수 있는 순천이 단번에 떠올랐던 곳. 바로 브리즈번이다(지극히 개인적인 생각임을 밝혀둔다).

도심을 벗어나면 한적한 골목이 나타난다. 특히 시티캣을 타고 브리즈번 강을 따라 올라갈 때 마음속의 진정한 평화를 느꼈다. 봄이 되면 벚꽃이 만개해 장관을 이루는 아름다운 동천이 떠올랐다. 외로울 때마다 아기와 함께 동천을 찾았다. 새로운 지역에 적응하지 못하고 불안정했던 내게 심신의 안정을 가득 안겨준 곳이 바로 동천이다.

호주여행의 첫 도시였던 만큼 브리즈번이 주는 의미는 남달랐다.

론파인 코알라 보호구역에서 처음으로 코알라를 마주했던 일, 드넓은 평원에 널브러져 있는 방목 캥거루에게 먹이를 주었던 일은 인생에서 가장 경이로운 경험이라고 할 수 있겠다. 더불어 호주 사람들이 얼마나 동물보호에 힘을 쓰고 있는지 알게 되었다.

사람들의 온정은 특별히 더욱 감사하다. 여행자의 실수에 친절하게 응대해 주던 버스 기사님과 철도청 직원들, 딸의 피아노 연주에 발길을 멈추고 손뼉 쳐 주던 사람들, 아이의 안전을 진심으로 걱정하던 도서관 직원들, 잘못 찾아간 마운트 쿠사에서 밑줄 쫙쫙 쳐 가며 설명해 주시던 할머니, 마지막 날 무거운 캐리어 두 개를 어떻게 할지 몰라 낑낑거릴 때 슈퍼맨처럼 나타나 도와주셨던 엔지니어 할아버지까지.

이방인에게 미소를 지어주던 브리즈번 사람들을 잊지 못할 것이다. 사람들의 마음마저 아름다웠던 도시 브리즈번에 다시 방문할 것을 기약하며, 고 카드에 남아 있는 금액을 환불받지 않고 그대로 두기로 했다.

Chapter 2

세상에서 가장 멋진
수도 캔버라 ^{Canberra}

여백의 미가 살아 있는 고요한 숲의 도시

"울창한 숲과 정렬된 역사적 건물,
 정적이 흐르는 호수는 나에게 고요한 마음을 선사해 주었다.
 그 속에서 나는 스스로와 마주할 수 있었다."

주정부 사무소 ACT Legislative Assembly

아이들과 함께 하는 캔버라 여행 팁

★ 캔버라는 내륙에 있어서 여름이라 하더라도 여타 도시보다 온도가 낮은 편이다. 매일 기온 체크는 필수다.

★ 각 명소 간의 거리가 상당히 멀다. 하지만 캔버라 중심지구 자체가 별로 크지 않고 대중교통이 워낙에 잘 되어 있어서 뚜벅이 여행자도 여행하기에 무리가 없다.

★ 수도임에도 불구하고 인구밀도가 굉장히 낮아 대체적으로 한산하다. 또한 행정 중심 도시라 공무원과 교직원, 학생들의 비율이 높은 편이다.

★ 노잼도시라고 알려진 바와 달리, 방문할 만한 교육적인 명소가 굵직굵직하게 있다. 계획을 잘 세워 알차게 즐겨보도록 하자.

아이들과 함께 가면 좋은 곳

전쟁기념관(Australian War Memorial)

신 국회의사당(Parliament House)

구 국회의사당(Old Parliament House)

국립도서관(National Library of Australia)

캔버라 박물관 & 갤러리(Canberra Museum & Gallery)

ACT 시립도서관(Australia Capital Territory civic Library)

퀘스타콘(Questacon)

호주 국립대학교(The Australian National University)

호주 국립박물관(National Museum of Australia)

국립 보타닉 가든(Australian National Botanic Gardens)

<u>캔버라에서의 하루하루</u>

1일 차   캔버라 공항 — 호텔

2일 차   전쟁기념관 — 머레이 버스Murray Bus 터미널

3일 차   신 국회의사당 — 구 국회의사당 — 국립도서관

4일 차   캔버라 박물관 & 갤러리 — 국립도서관 — 퀘스타콘

5일 차   머레이 버스 터미널 — 시드니 센트럴 역

＊ 캔버라에서는 서머타임Summer Time 적용으로 브리즈번보다 1시간 빠른 데 비해서 해는 상대

적으로 늦게 떴기 때문에 아침 산책을 하지 않음

아무도 가지 않는
호주의 수도

불가피한 상황을 제외하고는 여행의 첫 목적지로 수도를 꼭 넣는다. 말레이시아 여행은 쿠알라룸푸르부터, 베트남 여행은 하노이부터, 인도네시아 여행은 자카르타부터 시작했다. 캔버라 공항은 국제공항이라는 이름이 무색하게 해외로 향하는 노선이 단 한 개밖에 없다. 이름도 생소한 피지의 어떤 도시로 말이다. 나머지는 모두 호주의 주요 도시를 연결하는 국내선밖에 없어서 어쩔 수 없이 캔버라를 두 번째 도시로 정했다.

캔버라는 정치 행정 중심의 도시라 여행지로서의 인기는 별로 없다. 그럼에도 불구하고 방문하기로 한 이유는? 역사는 짧을지언정 이곳은 명색이 호주의 수도다. 내게 우리 아이들과의 해외여행은 그저 놀고 즐기기만 하는 것이 아니다. 그 나라가 어떤 나라인지, 어떤 역사가 있는지 일깨워 주려는 필수의 목적이 있는 교육의 한 과정이다. 깊이가 깊든 얕든, 이 나라에 대해 어느 정도 생각해 볼 기회를 아이들에게 주고 싶었다.

    우리나라의 겨울에 해당하는 시기는 호주의 여름으로 10월부터 4월까지 서머타임이 적용된다. 따라서 우리가 방문한 2월의 캔버라는 서머타임으로 브리즈번코다 1시간 빨랐다. 즉, 이곳은 우리나라보다는 총 2시간이 빠른 셈이다.

    저가 항공답게 활주로 바로 옆에 내렸다. 아니 세상에! 이렇게 한산한 국제공항은 처음이다. 공항 내에는 우리가 타고 온 비행기의 승객밖에 없었다. 위탁 수화물을 찾는 장소로의 이동도 전혀 어렵지 않았다. 먼저 하차한 승객들의 뒤만 졸졸 따라가면 되었다. 게다가 공항 안은 매우 깨끗했다. 내 마음에 쏙 드는 캔버라 공항일세.

해외여행에서 현지인에게 정보를 얻는 방법은 매우 간단하다. 한 사람에게 질문해서 답을 얻어낸 뒤, 또 다른 사람에게 그 답이 맞는지 확인하는 것. 아까 기내에서 나랑 같은 줄에 앉았던 인도계열 여성에게 시내로 어떻게 이동하냐고 물어보니 우버^{공유택시의 한 종류}를 타야 한단다. 짐을 기다리고 있었던 캔버런^{Canberran, 캔버라 사람} 역시 공항에서 시내로 이동하는 방법은 우버밖에 없다고 했다. 아직도 만들어지고 있는 도시라 공항철도나 공항버스는 없단다. 그럼 정확도 100%다. 어떻게든 대중교통을 이용해 보려고 발악했지만 결국 캔버라에서 처음으로 우버를 타야 하는 건가?

오후 5시 30분. 공항을 나오자마자 세찬 바람이 우릴 맞이했다. 서늘한 기운이 마치 우리나라의 늦가을 같았다.

잠깐의 대화를 나눴던 인도계열의 여성이 내 옆을 빠른 속도로 지나갔다. 질문할 때 내 나름의 규칙은 한번 물어본 사람에게는 다시 질문하지 않는 것. 그녀도 나름의 바쁜 사정이 있을 텐데 다시 잡는다면 괜히 시간을 뺏는 것 같아 미안하다. '어디에서 우버를 타는지 누구한테 물어보나?' 하는 찰나에 사이좋아 보이는 모녀가 지나간다. 용기 내어 물어보니 저기 초록색 구역을 통과하면 된단다. 현지인들은 모두 자차로 이동하는 것으로 보였다. 모녀의 말을 따라 걸어가는 도중에 웬 동양인 청년 두 명이 큰 캐리어를 세워두고 서 있는 것을 목격했다. 엇, 저곳이 왠지 버스정류장 같은데?

혹시나 해서 말을 걸어봤다. 오잉? 정류장이 맞단다. 내가 물어본 현지인들은 모두 시내로 가는 버스나 기차는 없다고 했는데 이들은 항상 자동차로 이동해서 몰랐나? 이런, 때로는 현지인도 사정을 잘 모를 때가 있나 보다.

우왕좌왕하는 사이 R3이라고 적힌 버스가 정류장으로 들어왔고, 순간 바짝 긴장했다. 손님을 기다려주지 않는 한국 버스에 완전히 길들여 있던 나는 버스가 우리를 태우지 않고 출발해 버릴까 봐 걱정되었다. 동시에, '사용한 공항 카트를 어서 제자리에 갖다 놓아야 할 텐데.' 하는 걱정이 들기 시작했다. 마침 공항직원이 손님의 짐을 카트에 싣고 지나갔다. 카트를 이곳에 두고 가도 되냐고 물었더니,

"Of course, thank you!"

(그럼요, 감사합니다!)

오히려 나에게 감사하다는 말까지 해준다. 이는 모든 사람이 버스에 다 올라타고 일어난 잠깐의 상황이다. 한국 같았으면 이미 버스가 쓱 출발하고도 남았을 테지만, 기사님은 우리를 위해 기다려주었고 덕분에 기쁜 마음으로 버스에 탈 수 있었다. 호주에서 매 순간 겪는 일련의 과정들이 상대방에 대한 배려가 듬뿍 담겨 있어 감사할 뿐이다.

청년들이 내가 내려야 할 정류장을 검색해서 알려주었다. Legislative Assembly London Cct(런던 서킷에 있는 주정부 사무소)? 낯선 명칭 때문인지

지도를 봐도 잘 모르겠다.

"너희 그 정거장 전에 내려? 후에 내려?"

"우린 더 가서 호주 국립대학교에서 내려."

"그럼 내 정류장 도착하면 알려줄래?"

"당연하지!"

두 명의 청년은 중국의 '시안'이라는 도시에서 온 유학생들이고, 방학을 맞아 중국에 갔다가 돌아오는 길이라고 했다. 청년들이 영어를 굉장히 유창하게 구사해서 어릴 때부터 쭉 이곳에 산 줄 알았는데 호주에 온 지 1년 반 가량 되었단다. 이번엔 그들이 내게 질문했다.

"캔버라는 boring city(지루한 도시)인데 도대체 왜 이곳까지 왔어?"

"어떤 나라를 가든, 수도 방문이 그 나라를 이해할 수 있는 가장 좋은 방법이라고 생각해. 그게 나의 신념이야."

라고 대답해 주었더니 '지루한 도시 캔버라'는 안전해서 저녁에 돌아다녀도 위험하지 않다고 말해줬다. 서로서로 궁금했던 점들을 계속해서 질문하고 대답하다 보니, 벌써 내릴 때가 되었다. 앞으로 창창할 그들의 대학 생활을 진심으로 응원하며

"Xie xie!"

(고마워!)

중국어로 말하니 이들이 한국말로 대답했다.

"감사합니다."

타국에서 이방인들끼리의 친목은 이렇게 이루어지나 보다.

큰 캐리어 두 개와 수화물 무게를 맞추기 위해 여기저기 분산시킨 보따리들을 한꺼번에 갖고 내려야 해서 정신없었다. 역시나 우리 아들은 본인이 맡았던 짐을 그대로 놔둔 채로 몸만 내렸다. 상황을 인지하지 못한 그 찰나에, 버스 안에 있던 많은 사람이 내게 감사한 참견을 해줬다. 처음 탔을 때부터 어리바리했던 우리를 끝까지 배려해 준 기사님과 승객들에게 정말 감사했다. 특히, 손수 지도를 검색해 주고 정류장을 알려준 중국인 유학생들, 정말 고마워요!

소문대로 캔버라의 거리는 황량 그 자체였다. 간담이 서늘하다는 표현은 이럴 때 쓰는 거다. 한여름이라기에는 너무나도 을씨년스러운 바람과 앙상한 나뭇가지들이 우리를 맞이했다. 이미 어둑해진 거리에는 돌아다니는 사람이 한 명도 없었다. 과연 오후 6시의 풍경이 맞나 싶을 정도였다.

친절함이라고는 찾아볼 수 없는 무표정의 파키스탄 출신 직원에게 무사히 체크인을 마쳤다. 우리의 방은 213호. 직원이 지금 모든 방이 풀 북이라 어쩔 수 없다며 미안하단다. 전혀 미안하지 않은 표정으로 미안하다고 말해서 몹시 언짢았다. 눈이 반쯤 감긴 채, 지칠 대로 지친 몸뚱이를 끌고 올라갔다.

오, 엘리베이터 타는 방식이 신기하다. 모니터에 내 룸 카드를 대면 B1, B2, 2, 15 이렇게 내가 갈 수 있는 층이 표시되고, 가고자 하는 층을 클릭하면 된다. 15층은 수영장이 있는 층인가 보다. 분명 풀 북이라는 호텔의 복도엔 사람 한 명 보이지 않고 적막이 흘렀다. 귀신이라도 나올 것 같은 스산함이 느껴졌다.

기대감을 안고 호텔 방문을 열 때의 그 느낌을 아는가. 책이며 교구들, 여러 필기도구가 어지럽게 바닥을 점령하고 있는 지저분한 우리 집과 다르게 얼마나 깔끔하게 정돈되어 있을까? 테라스에서는 얼마나 멋진 전경이 펼쳐질까? 문을 처음 여는 순간이 가장 설레는 순간이다.

따라다란 딴~ 새하얀 벽과 깔끔한 침실, 작지만 깨끗한 부엌이 보인다. 테라스 바깥이 왜 이렇게 어둡지? 밖이 금세 깜깜해졌나 보다. 두근두근한 마음으로 테라스에 나가보니 이런, 실내수영장 뷰에 버금가는 이상한 뷰 당첨이다. 바로 앞과 옆에 공사 중인 건물이 있었다. 시멘트 골조만 올라가 있는 텅 빈 건물이라 더 무서웠다. 저곳에서 귀신들이 밤마다 잔치를 벌인다 해도 전혀 이상하지 않을 해괴한 뷰다. 남아 있는 방이 가장 아래층에 위치하는, 가장 끝의, 공포의 공사장 뷰인 우리 방이었구나. 음. 이번 호주 여행에서의 방 운은 없는 것인가. 우는 아이에게 젖 준다는데 다시 리셉션에 내려가서 우는 시늉이라도 해야 하나.

무표정, 무감정의 로봇 같은 파키스탄 직원에게 다시 말을 걸기 싫었지만, 5일 내내 이 무서운 방에서 지낼 순 없었다. 웃음기 전혀 없는 직원은 오늘은 풀 북이라 안 되고 내일 새로운 방으로 체크인하라고 알려주었다.

어휴, 이 짐을 또 싸라고? 짐을 풀었다가 다시 싸는 일은 세상에서 가장 귀찮은 일이지만 어쩔 수 없다. 오늘은 최소한으로 짐을 사용해야겠다.

저녁 재료를 사기 위해 혼자 밖으로 나왔다. 캔버라 센터 쪽으로 걸어가니 그제야 많은 사람이 보였다. 온통 중국인 천지다. 캔버라 역시 중국인들에게 점령당한 것인가. 말레이시아나 싱가포르에서 봤던 중국인과는 느낌이 달랐다. 동남아시아 지역을 여행할 때는 오랫동안 그 지역의 유지 역할을 해 온, 막강한 부와 영향력을 지닌 중국인을 보았다면 지금 보이는 중국인들은 왠지 모르게 어리숙한 학생 느낌이었다. 특히 마트에는 나처럼 식료품을 사기 위해 온 중국인이 많았다. 여행하면서 지켜보니, 이들은 모두 중국에서 캔버라로 유학 온 학생들이었다.

콜스에서 사 온 소고기와 여러 채소를 구워서 밥과 함께 먹었다. 시장이 반찬이라고 여태껏 먹은 음식 중에 제일 맛있었다.

유령도시 캔버라. 도시가 휑−하다. 어째 느낌이 싸─하다. 삭막한 수도에서 과연 잘 여행할 수 있을까?

Summer의 호주여행 사용설명서

'캔버라'와 '오타와' 두 도시를 헷갈렸던 사람 있나요?

내가 호주의 수도를 오타와라고 헷갈린 이유는 나름 합당하다. 오타와는 캐나다의 수도다. 캔버라와 오타와는 여러모로 비슷한 점이 많다. 호주와 캐나다는 같은 영연방국가다. 시드니와 멜버른의 치열한 싸움 끝에 수도가 캔버라로 결정된 것처럼, 캐나다의 대도시 몬트리올과 토론토의 치열한 경합 끝에 수도가 오타와로 결정되었다. 따라서 나 같은 (똑똑하지 않은) 보통 사람이 은연중에 캔버라와 오타와를 헷갈릴 가능성은 지극히 정상이라는 것.

캔버라 교통카드

트래블 카드(Visa, Master 카드) 사용이 가능하다. 5세 이상의 어린이도 성인 요금과 같다는 현지인의 말을 듣고 아이들도 모두 트래블 카드를 사용했다.

추모의 공간에서,
숙연한 마음으로

　호텔 밖으로 나오는 순간, 온몸에 한기가 돌았다. 아, 정녕 한여름이란 말인가. 혹시 몰라 아이들은 두꺼운 긴 팔, 긴 바지에 조끼까지 입었다. 아이들이라도 따뜻하게 입히길 잘했다. 그나저나 나는 반소매에 햇빛 가리기용 토시밖에 없는데 이를 어쩐담? 방을 옮기기 위해 이미 모든 짐을 싸서 리셉션에 맡겨 놓은 상태라, 다시 돌아가 번거로운 일을 하고 싶진 않았다. 일단 가보자고!

　59번 버스를 탔다. 버스 안에는 기사님과 우리 셋. 총 네 명이 탑승한 상태였다. 탈 때부터 내릴 때까지 쭉 다른 승객은 없었다. 이렇게 쥐 죽은 듯이 조용한 수도를 봤나. 사람들이 이렇게 없어서야 이곳의 경제가 과연 유연하게 잘 돌아가려나? 의아함을 가지며 목적지에 하차했다.

방학여행 호주

모든 여행은 수도부터! 모든 여행은 역사와 교육으로부터! 아이들과 장기여행을 결심한 순간부터 소중히 간직해 온 나의 두 가지 신념이다. 세계의 여러 전쟁에 참여한 호주 군인들을 추모하고자 세워진 곳이 바로 호주 전쟁기념관이다. 나는 베트남 여행 때와 마찬가지로, 전쟁기념관을 캔버라 여행 1순위로 계획했다.

길을 따라 길게 늘어선 안작 퍼레이드^{Anzac Parade} 끝에 아름답고 웅장한 대리석 건물이 보였다. 고개를 돌려보니 반대편에는 구 국회의사당, 신 국회의사당이 자리하고 있었다. 아무것도 없는 황무지에 건설된 계획도시에는 의미 있는 역사적 건물들이 한 치의 오차 없이 일직선 구도로 있었다. 마치 프랑스 파리가 라 데팡스^{La Defence}라는 새로운 지구를 만들면서 개선문과 신 개선문이 일직선에 위치하도록 계획한 것처럼 말이다. 지도에서만 막연하게 보던 건축물들을 탁 트인 곳에서 한눈에 볼 수 있다니 감개무량했다.

늑대가 와서 후우우- 불어도 날아가지 않을 것 같은 단단한 벽돌집이 길을 따라 듬성듬성 늘어서 있었다. 한국처럼 다닥다닥 붙어 있는 게 아니라 넓디넓은 간격으로 질서 있게 배치되었다. 땅이 넓은 만큼이나 퍼스널 스페이스^{Personal space} 또한 보장되니 캔버런들은 참 좋겠다. 근처 성공회 교회에서 울려 퍼지는 종소리가 안작 퍼레이드에서의 감상을 더욱 극대화시켜 주었다.

어딘가 한국 전쟁에 참여한 호주 군인을 기리는 장소가 있다고 했는데 어디일까? 양쪽으로 길게 펼쳐져 있는 퍼레이드에서 기념비를 찾으려니 감이 오지 않았다. 그때 마침 저쪽에서 온통 검은 머리의 학생들이 관광버스에 올라탔다. 옳지! 저들이 분명 한국 학생들일 것이라고 바로 예측했다. 평일도 아닌 일요일에 이렇게 시간 내서 올 사람은 당연히 공부 열정 가득한 한국인이다.

'평화'

기념탑에 또박또박하게 새겨진 글자가 보였다. 내가 사랑하는 단어 중 하나다. 시기, 질투, 미움, 분쟁, 싸움 따위는 없는 평화로운 곳에서 살고 싶다고 항상 갈망해 오던 참이었다. 싸우는 상황 자체가 극도로 싫다. 이 세상사람 모두가 행복한 유토피아는 진정 존재하는 것일까.

안작 퍼레이드를 따라 걷다가 점점 지칠 때쯤 웅장한 대리석 건물에 다다를 수 있었다. 미술관이라고 해도 믿을 정도로 아름다운 전쟁기념관에 들어섰다. 직원이 건물에 관해 대략적으로 알려주며 한국관, 베트남관은 지하 1층에 있다고 말해 주었다.

"어머, 제가 한국인인 줄 아셨나요?"

이 사람이 내 외관만 보고 알아차린 줄 착각하고 깜짝 놀라며 묻는 나에게 직원이 웃으며 절대 아니라고 했다.

도시 자체에 돌아다니는 사람이 없는데 이곳도 관람객이 그리 많지 않겠지? 내 생각은 오산이었다. 내부에는 캔버라에 놀러 온 관광객, 캔버런이 다 모였나 싶을 정도로 사람이 많았다.

전쟁에서 희생된 군인들의 소지품, 그들이 가족에게 쓴 편지, 일기 등 다양한 전시물이 있었다. 모두 영어로 되어 있어서 아이들이 크게 집중하지는 못했어도 호주의 많은 군인이 참전했다는 사실은 명확히 인지하는 듯했다.

지하 1층에는 베트남관, 한국관이 크게 자리했다. 이외의 다른 아시아 국가관도 있었지만 규모가 작았다. 호주 군인들이 베트남전쟁과 한국전쟁 때 많이 참전했었구나. 아까 1층에서 직원이 왜 전시관을 지목하여 알려줬는지 이제야 이해된다. 작년에 베트남 호찌민에서 전쟁기념관을 자세히 둘러보았던 우리는 이곳 호주 전쟁기념관의 전시실에서 또 한 번 역사적 의미를 되새길 수 있었다.

막상 오세아니아 대륙에서는 전쟁이 일어난 적이 단 한 번도 없지만, 다른 많은 국가로 군인을 파병했던 호주. 그들의 숭고한 희생정신에 감사와 애도를 표한다.

전시관 밖에는 멋진 인공연못이 있었다. 기념 가족사진을 찍기 위해 한 커플에게 어렵게 부탁했는데 아들이 찍지 않으려고 숨기 바쁘다. 협조 좀 해주라, 아들아. 엄마의 처절한 부탁에 아들은 울며 겨자 먹기로 한 장의 기념사진을 남긴 후, 본인은 바로 앞의 벤치에 앉아 있겠다고 으름장을 놓았다. 또다시 실랑이하기 싫어서 아들을 보낸 후, 딸과 둘이서만 오붓하게 사진 찍었다. 그러던 중, 아들이 달려왔다.

"엄마, 저 사람이 나한테 뭐라 뭐라 물어봐."

혼자 있는 아들이 걱정되어 엄마는 어디 있냐고 물어봤을 것으로 추측했는데, 그 예상이 맞았다. 직원이 바로 앞에서 사진 찍고 있는 우리를 미처 보지 못하고 아들에게 보호자가 어디 있는지 물어본 것이다. 호주의 어린이 보호 의식에 다시금 놀랐다.

2층 야외로 가니 아들이 그토록 찾던 또 다른 추모공간이 나왔다. 기부금으로 산 양귀비꽃Poppy을 참전 군인의 이름이 하나하나 새겨져 있는 벽 사이에 끼워 넣음으로써 애도할 수 있는 곳이다. 한국 사람들은 이곳에 많이 방문하지 않는지 유난히 한국 전쟁 추모 벽에 양귀비꽃이 적었다. 우리는 각자 한 송이씩 꽂아 넣어 작게나마 마음을 표했다. 캔버라의 전쟁기념관이 한국 여행객들에게 많이 알려져서 원조해준 호주 군인들을 진심으로 추모할 수 있다면…. 하는 마음이 간절했다.

기념관에서 나와 Poppy's Cafe에 들어갔다. 드디어 기다리고 기다리던 점심시간! 정확히 호주에서의 세 번째 외식이다. 외식물가가 비싸다는 말을 듣고 항상 장을 봐서 요리해 먹었다. 마트에서 산 소고기, 양고기, 닭고기가 눈물 나게 맛있어서 따로 밖에서 사 먹고 싶다는 생각이 들지 않았었다. 하지만 오늘은 전쟁기념관에 들른 특별한 날이기 때문에 이곳에서의 여운을 조금 더 느껴봐야겠다. 햄버거와 감자튀김, 베이글과 머핀을 맛있게 냠냠 잘도 먹는 우리 아이들이다.

Summer의 호주여행 사용설명서

안작(ANZAC), 무슨 말이지?

호주에는 안작 데이, 안작 퍼레이드, 안작 메모리얼, 안작 비스킷 등등 안작이라는 말이 들어간 단어가 많다. ANZAC은 Australian and New Zealand Army Corps의 약자로 세계 제1차 대전 당시 호주 군이 뉴질랜드 군과 연합군으로 전쟁에 참여했던 것을 뜻한다. 이후, 세계 제2차 대전, 베트남 전쟁, 6.25 전쟁에도 참전했다. 호주와 뉴질랜드에서는 매년 4월 25일을 안작 데이로 지정하여 전쟁에 참여한 군인들을 기린다.

세 번의
호주식 영어 듣기평가

캔버라 여행 후 시드니로 넘어갈 버스를 예약하기 위해 졸리먼트 센터 Joliment Center의 머레이 버스 매표소로 향했다.

호주 정부를 수립할 무렵, 시드니와 멜버른은 수도가 되기 위해 각각 치열한 경쟁을 펼쳤다고 한다. 두 도시 간 7년의 쟁쟁한 각축 끝에 선정된 곳은 캔버라다. 1908년에 수도로 결정된 후 1913년부터 정식 수도의 역할을 시작했다. 원주민 언어로 '만남의 장소'를 뜻하는 Kamberra에서 유래된 '캔버라'라는 명칭은 공모를 통해 지어진 이름이라고 한다. 허허벌판의 텅 빈 황무지 위에 건설된 인공도시라 그런지 도시 전체의 인상이 정말 깔끔했다.

나는 특히나 딱딱 맞아떨어지는 깔끔함을 좋아한다. 장소, 시간, 계획, 해야 할 일 등 모든 것에 군더더기가 없어야 좋다. 가령, 어떤 여행 계획 하나를 짜더라도 3박+4박+7박+5박 이렇게 규칙이나 두서없이 짜면 속이 개운치 않다. 중심 도시 하나를 둘지언정, 여행하고자 하는 도시 간 규칙성이 있도록 배분한다. 칼같이 5박+5박+5박 혹은 9박+4박+9박 이런 식으로 말이다. 어느 특정한 장소나 건물이 곡선이든 직선이든, 통일성 있게 이루어져 있을 때 정돈된 느낌을 받는다. 그런 내게 호주의 수도 캔버라는 '꿈꾸던 이상 도시'였다.

시티힐City Hill을 중심으로 런던 서킷London Circuit이라는 육각형 모양의 순환도로가 있고, 서킷을 통해 길이 방사형으로 나 있다. 시티힐에서 일직선으로 쭉 뻗어나가면 멀리 캐피털 힐Capital Hill이 나오고, 이곳에는 신 국회의사당이 있다. 신 국회의사당으로부터 또 다른 방향으로 구 국회의사당, 전쟁기념관, 애인슬리 산Mount Ainslie이 직선 위에 정렬되어 있다. 캔버라를 설계했다는 미국의 그리핀 교수 부부는 어떻게 이런 창의적인 생각을 했을까. 그들은 직선과 곡선을 적절하게 활용하여 멋진 수도를 만들어 냈다. 도시 한가운데에는 이들의 이름을 딴 벌리 그리핀 호수Lake Burley Griffin가 수도의 상징적인 역할을 톡톡히 하고 있다.

하지만 이 멋진 도시에서 예기치 못한 어려움이 있었으니, 난생처음 접해본 육각형의 순환도로 때문에 내가 어디로 가야 할지 방향감각을 상실해 버린 것이다. 게다가 핸드폰 배터리까지 닳아진 상황이라 외워 두었던 길이 헷갈렸다. 도대체 어느 꼭짓점에서 나가야 했더라? 근처를 여러 번 배회한 결과, 꼭 우리나라 고속버스 터미널 같은 곳이 눈에 띄어서 가보았다. 그곳이 바로 머레이 버스 터미널이자 매표소였다.

매표소에 앉아 있는 세 명의 여성 중 친절해 보이는 사람을 탐색했다. 금발 머리에 안경을 쓰고 있어 더욱 순수해 보이는 그녀가 딱 적당하겠군. 예상은 빗나갔다. 친절할 줄 알았던 그녀는 무미건조한 말투에 무지막지하게 빠른 호주 영어로 말했다. 심지어 버스승차권에 내 성을 잘못 인쇄하는 실수까지 저질렀다. 순식간에 '장'씨에서 '앙'씨가 되어버렸다. 확인하지 않았으면 큰일 날 뻔했다. 어쨌든 그녀는 영어를 아주 훌륭하게 구사하는 호주인이고, 나는 머릿속으로 이리저리 영어를 조합해 말해야 하는 한국인이므로 지금 상황에서 아쉬운 사람은 틀림없이 바로 나다. 최대한의 예의를 갖춰 '땡큐'를 연발한 뒤, 자리에서 천천히 서류를 검토하는데 이번엔 자리 배정이 안 되어 있다. 아까 나를 상대했던 그녀는 다른 사람의 표를 끊어주는 중이라 그 옆 사람에게로 갔다. 어쩐지 옆 사람의 인상이 더 선한 것 같다.

해외 나가서 이렇게 모든 직원의 관상을 관찰해 가며 더 친절할 것 같은 사람을 고르는 일은 매번 있는 상황이다. 여전히 긴장된다.

아뿔싸! 제대로 된 강적을 만났다. 혹시 자리 배정은 안 되는 거냐고 질문하자마자 그대로 얼어붙을 수밖에 없었다. 이 직원은 속사포 랩을 하듯 엄청난 속도로 아주 많은 말을 해대기 시작했다. 눈 깜빡할 사이에 자기 할 말을 끝낸 그녀가 내게 무슨 질문을 한 듯했는데 대관절 무슨 말인지 모르겠다. 아, 브리즈번에서는 빠른 영어 사이로 단어 정도는 잘 들려서 나름 호주식 영어 듣기평가가 가능했는데, 캔버라에서는 영어단어조차도 들리지 않네? 내가 바본가?

실제로 호주식 영어가 알아듣기 힘들다는 정보를 접하고 인터넷으로 '이해하기 어려운 호주식 영어', '아주 빠른 호주식 영어' 등등의 영상을 찾아보며 '맛보기'를 해 놓은 상태였는데도 난감한 상황에 직면했다.

"Excuse me, pardon?"

(죄송하지만, 다시 말씀해 주시겠어요?)

친절한 그녀는 웃으며 다시 속사포 랩을 발사했다. 창피함은 차치하고서라도 도대체 무슨 말을 하는지 알 수가 없다. 두 번째 듣기평가에서도 좌절했다. 자리 배정에 관해 물으면 'Yes or no'와 함께 어느 좌석을 원하는지 간단하게 말해 줄 법도 한데 이렇게까지 장황하게 블라블라 할 일인가. 못 알아들은 내 탓을 해야 하건만, 외국인에게 쓸데없이 랩을 해대는 그녀가 조금은 원망스러웠다.

울기 직전의 표정으로 한 번만 더 천천히 말해 달라고 하니, 그녀는 웃음 섞인 한숨을 쉬며 중국어가 가능하면 다른 직원을 불러주겠단다. 나는 한국인이라고요. 흑흑. 평소에 영어 좀 한다고 생색내며 살아왔던 나 자신이 한심했다.

그녀는 체념한 듯 아주 천천히 한 문장으로 질문을 던졌다.

"앞자리, 가운데 자리, 뒷자리 중 어느 곳을 선호합니까?"

아, 아까 그렇게 길게 솰라솰라 말하던 내용이 이거였어요? 그녀는 버스 좌석의 위치에 대해 한참 동안을 내게 설명했던 모양이다. 각 자리의 장단점을 일장 연설로 설명해 주려던 것일까?

호주여행 전체를 통틀어서 가장 창피했던 순간이자 낯 뜨거워졌던 순간이다. 세 번째 영어 듣기평가가 끝나고 의기소침해진 나는 고개를 떨구며 매표소를 빠져나왔다. 누가 혼낸 것도 아닌데 심하게 혼난 것처럼 바짝 주눅 들었다. 언제나 대장부처럼 씩씩하게 여행을 진두지휘했던 엄마의 체면 꺾인 모습을 아이들이 못 봐서 다행이다.

Summer의 호주여행 사용설명서

호주식 영어 vs 미국식 영어

내게 익숙한 영어는 미국식 영어다. 오지Aussie, 오스트레일리아 사람 영어는 미국식 영어와 어휘, 발음도 약간(때론 많이) 다르다. 이들은 말 자체를 짧게 줄여서 말하는 경향이 있다. 예를 들면 우리가 흔히 아는 엘리베이터elevator를 호주에서는 리프트life라 말하고 바비큐barbecue를 바비barbie라고 말한다. A 발음을 아라고 발음하는 편이라 Have a good day(좋은 하루 보내요)에서 'good day'는 굿 다이라고 발음한다. 이 정도는 나 같은 사람도 쉽게 적응할 수 있었다. 하지만 문장의 범위를 확장하거나 한 번도 들어보지 않은 어휘를 섞어 말할 때는 이해하기 어려웠다.

또 호주 내륙의 사막 지역에는 워낙에 파리가 많아서 입에 오래나 파리가 들어가지 않게 입을 오므리고 째빠르게 말하는 습관이 생겼다고 한다. 캔버라가 내륙에 위치해서 그런지, 캔버런이 말을 할 때는 입을 다물고 '오로로로一' 빠르게 발음하는 느낌이 들었다.

브리즈번에서는 발음이 어려워도 대충 그 뜻을 알 수 있었지만, 캔버라에서는 좀 더 어려웠다. 오히려 나와 상황이 비슷하리라는 동병상련의 마음 때문에 이민 온 외국인 노동자나 유학생의 발음이 편했다. 다행히 이후에 간 시드니에서는 훨씬 쉽게 알아들을 수 있었다. 각국에서 몰려든 다양한 인종이 살고 있는 관광도시여서 그런 듯하다.

캔버라에서
모자 찾기

아침부터 바빴다. 이유인즉슨, 어제 호주 전쟁기념관에서 돌아오는 길에 아들이 모자를 어딘가에 두고 왔기 때문이다. 7,000원짜리 이마트 표 모자지만 꼭 찾아주어야겠다고 생각했다.

나는 평소 꼼꼼한 탓에 내 소유의 물건을 잃어버리는 일이 거의 없다. 아이 둘 낳고 어린 생명체의 일거수일투족을 신경 쓰다 보니, 또 나이가 들다 보니 점점 하나씩 빠뜨리는 경우가 늘어나고 있긴 하지만, 어쨌든 소유물에 각별한 신경을 쓰는 편이다. 만에 하나 그걸 잃어버리기라도 하면 왠지 모를 찜찜함이 가슴 한쪽에 계속 남아 있어서 기필코 다시 찾아야만 한다. 물건의 가격크는 상관없다. 그게 100원짜리든, 100만 원짜리든 내 물건에 대한 애착이 상당히 강하다고 할 수 있다.

딸은 나를 닮아 평소에 소지품을 잘 챙긴다. 하지만 아들은 반대다. 그냥 반대가 아니라 반대 저 맨– 끝 지점에 있는 녀석이다. 유치원 때야 선생님께서 아이의 물건을 하나부터 열까지 챙겨주시기 때문에 잃어버리는 일이 없었는데, 초등학교에 입학하고 나서는 본인의 소지품을 챙기지 못하고 어던가에 두고 오는 일이 잦다. 집을 나서자마자 책가방을 엘리베이터 손잡이에 걸어 두고 그대로 학교로 간 적도 몇 번 있고, 심지어 집에서 가방을 메지 않은 채로 몸만 나서는 경우도 있으며, 책가방을 학교 도서관에 두고 와서 사서 선생님께서 가방 안쪽에 적힌 번호를 보고 내게 전화하신 적도 있다. 옷, 물통, 일기장 등을 학교 어딘가에 두고 오는 일도 다반사다.

녀석에게 뭐라고 할 생각은 없다. 열혈 고슴도치 엄마는 우리 아들이 다른 영역에 아주 깊이 집중하느라 본인의 소지품을 챙기지 못하는 것이라고 굳게 믿고 있다. 어제도 역시 룰루랄라 혼자만의 생각에 취해 안작 퍼레이드를 만끽하고 있었으리라.

어디에서 어느 시각에 잃어버렸는지도 모르는 아들의 모자를 찾기 위해 무모한 도전을 해 보기로 했다. 말 그대로 '서울에서 김 서방 찾기'다. 맨땅에 헤딩하는 마음으로 막연하게 시도한 결정이지만, 한가한 캔버라에서라면 모자를 찾을 수 있을 것 같다는 희망이 있었다. 어제 우리가 되돌아온 길을 그대로 따라가 보자.

핸드폰의 사진첩을 살펴보니 전쟁기념관, 카페, 안작 퍼레이드 중간 정도까지는 아들이 모자를 쓰고 있다. 오케이. 그러면 안작 퍼레이드에서부터 버스정류장까지의 길을 샅샅이 훑어보면 되겠군. 이 정도면 명탐정급 추리다(다년간의 경험으로 쌓인 노하우라고 할 수 있다). 두 눈에 돋보기라도 달아 놓은 양, 눈을 크게 뜨고 걸어가 보았다. 하지만 나도 모르게 주변의 아름다운 풍경에 시선을 빼앗겨 온전히 모자 찾기에 집중할 수만은 없었다.

　아, 숨만 쉬어도 기분이 좋아지는 곳에 사는 이들이 부럽다. 저 멀리 신 국회의사당과 구 국회의사당, 또 반대편의 웅장한 전쟁기념관이 보이고, 사방으로는 숲이 울창하다. 여타의 대도시와는 다르게 고층 빌딩이 없고 도로, 건물이 다 널찍널찍하다. 모든 것이 가로 세로로 서너 배 정도는 확 대해 놓은 것만 같은 크기다. 넓은 인도를 걷거나 뛰는데 부담 없이 좋다. 그럴 리는 없겠지만 갑자기 멈춰 공연을 펼친다 해도 남들과 전혀 부딪히 지 않을 정도의 너비다. 부딪힐 만큼 인파가 없기도 하다. 주위를 360도로 한 바퀴 둘러보았을 때, 저 멀리 네댓 명의 사람들과 자동차 몇 대만이 보 일 뿐이다. 빽빽한 건물과 좁은 길, 도로를 점령하고 있는 수많은 차에 익 숙해 있던 나는 감탄사를 연발하며 한동안 멍한 채로 서 있었다. 도시를 사 랑하는 사람이지만 번잡하고 정신없는 건 싫다. 여백의 미가 살아 있는 수 도, 바로 이곳 캔버라다.

　감상에 젖어 있던 것도 잠시. 아, 맞다. 나 지금 모자 찾으러 왔지. 모자 는 도대체 어디에 있을까? 오드 아이Odd eye, 양쪽 눈의 색이 다름의 시베리안 허스 키를 데리고 산책하는 할머니를 보았다. 혹시나 해서 회색 모자를 본 적 있 는지, 청소차가 몇 시쯤 지나가는지 여쭈어보았다. 핸드폰으로 시청 홈페 이지에 들어가 한참을 찾아봐 주시더라. 그러면서 호주인들은 남의 물건이 떨어져 있어도 잘 가져가지 않고 한쪽 구석으로 치워 놓으니 구석구석 잘 살펴보라는 이야기를 해 주셨다. 어리숙한 이방인을 지나치지 않고 손수 정보를 찾아봐 주시며 도와주셨던 캔버라 할머니, 진심으로 감사합니다.

주의 깊게 살펴보아도 모자는 보이지 않았다. 이쯤 되면 포기해야 한다. '평범한 진회색 모자라 쓰레기로 판단해 버렸나 보다.' 하고 돌아서는 순간, 어느 기념비 한쪽 끝에 진한 물체가 눈에 띄었다. 아니, 저건? 그토록 찾던 아들의 모자 아닌가! 드디어 찾았다. 넓고 넓은 안작 퍼레이드에서 드디어 목적을 달성하였도다. 누군가에겐 아무것도 아닌 평범한 모자지만 정말 기뻤다.

서둘러 호텔로 돌아와 아들에게 이 기쁜 소식을 전했다.

"우와, 엄마. 다행이다. 히히."

말 한마디 하고선, 아무렇지도 않게 끼적이기를 마저 하는 이 순수한 녀석. 모자는 녀석에게 그리 중요한 물건은 아니었나 보다. 엄마는 아침부터 머나먼 길을 수고롭게 다녀왔으나 그에 비해 아들의 반응이 매우 미지근하다. 그렇지만 전혀 서운하지 않았다. 오히려 아이들과 다녔으면 못 느꼈을 캔버라의 느긋한 아침 풍경을 누리고, 애정하는 모자까지 찾아와서 기쁨이 배가 된 기분이었다.

테러 용의자가 되다

신 국회의사당 위에는 호주에서 가장 높은, 거대한 피라미드 모양의 국기게양대가 있다. 이 나라의 행정이 결정되는 중요한 장소에 방문해 보지 않는다면 수도에 와 봤다고 할 수 없다.

1927년부터 1988년까지 호주의 행정 중심지 역할을 했던 구 국회의사당과 그 이후부터 지금까지 그 역할을 담당하고 있는 신 국회의사당. 캔버라의 중심축 역할을 하는 이 두 곳은 지척에 있어 한 번에 묶어 보기 좋다.

신 국회의사당 입구에서 기념사진을 찍어보려고 이리저리 카메라 구도를 맞춰 보았지만, 건물이 화면에 다 담기지 않을 정도로 거대했다. 나이가 지긋한 안내직원은 각각의 위치를 알려주면서 위층의 저쪽 끝으로 가면 아이들이 아주 좋아할 만한 레고 하우스가 있다고 했다.

내부에는 현재 국회의원들이 직접 회의하는 곳이 있었다. 초등학교 때 단체로 우리나라의 국회의사당을 견학했던 이후, 성인이 되어 직접 방문해 본 적은 없다. 무려 30여 년 전 수학여행이 세세히 기억날 리 만무하다. 눈

이 휘둥그레져 넓은 국회의사당을 구경했다. 큰 의미를 두고 방문한 곳이지만 어째 아이들은 큰 관심이 없어 보였다. 후후, 그럴 줄 알고 미리 알아왔지. 이곳에는 꼬마 방문객을 위한 레고 센터가 있다고!

슬슬 집중력을 잃어가는 아들을 달래가며 서둘러 국회의사당 내부를 본 후, 레고 체험장을 찾아보았다. 하지만 내부가 워낙에 넓어서 레고 하우스 위치를 알아도 가는 데 한참 걸렸다. 거기다가 간식 도시락을 포함한 여러 필수용품이 잔뜩 들어 있는 무거운 배낭까지 날 힘들게 했다.

다행히 군데군데 쉴 수 있는 소파가 여럿 있었다. 아무래도 배낭을 계속 메고 다닐 수 없을 것 같아서 아무 소파에나 털썩 내려놓았다. 여권과 지갑

등 귀중품은 작은 크로스백에 다 고이 넣어뒀으니 이것만 잘 가지고 다니면 문제없겠다. 휴, 배낭이 없으니 날개를 단 것처럼 몸이 가볍다.

가는 길에 루프탑으로 올라가는 엘리베이터가 나왔다. 견학 온 어린 학생들도 많이 있었다. 그럼 레고 체험을 한 후 이곳으로 다시 와서 루프탑으로 향해야겠군. 아무리 생각해 봐도 기가 막힌 동선이다.

레고 체험장에서 첫 번째 사건이 터졌다. 기대하고 찾아간 이곳은 아이들이 레고를 직접 만지고 여러 작품을 만들어 볼 수 있는 체험 장소가 아니라, 레고로 국회의사당을 정교하게 만들어 놓은 전시장일 뿐이었다. 애써 구슬려 데려간 장소에서 이렇게 터무니없이 기대가 무너져 내린다면, 떼쟁이 아들의 노발대발 불만이 터지기 때문에 항상 긴장할 수밖에 없다. 이 조그만 생명체 안에 어째 폭주 기관차 같은 짜증이 항시 대기 중일까. 예쁘고 귀여운 얼굴을 지녔으니, 그에 맞는 행동만 하면 안 되겠니? 하소연할 곳은 당연히 없다. 이 생명체는 내가 낳았으므로 한동안 책임져야 한다. 한결같이 성격 좋은 우리 남편을 닮진 않은 것 같고 그럼, 혹시 나를 닮아 그런가? 아닐 거라 애써 부정해 본다.

실망에 차서 입이 삐죽 나온 우리 아들을 어찌하면 좋지? 살살 굴려서 루프탑으로 가는 수밖에. 실제로 본 국기 게양대는 위용이 대단했다. 호주 국기를 네 방향에서 피라미드 모양으로 받치고 있는 모습이 마치 왕을 호위하는 군사 같아 보였다. 육중한 책임감이 느껴졌다. 호주의 모든 중요한 안건이 이곳에서 결정되고 있다는 것을 입증하는 듯했다.

아이들은 신나게 달리기를 하고, 나는 그곳에서만 느낄 수 있는 전망을 감상했다. 일직선에 놓인 구 국회의사당과 더 멀리에 쭉 뻗어있는 안작 퍼레이드, 그리고 전쟁기념관이 보인다. 어제 전쟁기념관에서 본 풍경을 반대 방향에서 조망할 수 있었다. 높은 건물이 없는 캔버라에서 국기게양대가 있는 루프탑은 제일의 전망대라고 불러도 될 만큼 웅장했다. 휑한 허허벌판에 건물 몇 개가 띄엄띄엄 있는지라, 계획도시의 뻔하고 지루한 풍경이 별 볼 일 없다고 평하는 사람도 있을 것이다. 하지만 적어도 내게는 그렇지 않았다. 캔버라는 나에게 편안한 미래도시의 잔상을 심어준 곳이었다.

한동안 평화로운 감상을 하다가 아까 내팽개쳐둔 배낭을 가지러 다시 2층으로 내려갔다. 조금 전의 안정된 마음을 복기하며 내려갔는데 글쎄, 소파 주위로 세 명의 경찰관들이 누군가와 무전을 취하고 있는 모습이 보이는 것이다. 왠지 섬뜩하고 불길했다.

두 번째 사건이 터졌다. 호주여행의 대위기, 일촉즉발의 상황이 내 눈앞에서 펼쳐지고 있었다. 루프탑에서의 시간 덕분에 내 머릿속은 흡사 잔잔한 호수처럼 매우 평온한 상태였다. 그런데 한순간에 박살났다. 여태껏 봐왔던 온갖 범죄 수사물의 장면이 스쳐 지나갔다. 악랄한 범죄사건이 일어나 주변으로는 노란 통제선이 둘러 쌓여있고, 경찰관이 무언가를 탐색하고 있으며, 수많은 경찰차에서 요란한 사이렌이 울리는 장면.

맙소사! 내가 아까 아무 생각 없이 무심코 소파에 던져 놓은 내 배낭이 테러물로 의심되어 용의 선상에 올라와 있던 것이다. 이곳은 수도의 가장 중요한 건물로 매 순간 철통 보안이 지켜져야 하는 공간이다. 그런 곳에 무턱대고 불특정의 검은 배낭을 내버려 두었으니 여기 입장에서는 당연히 테러물로 의심할 수밖에 없는 상황이다. 알록달록 귀여운 배낭도 아니고 거무튀튀한, 두섭게 생긴 커다란 배낭이다. 테러 용의자가 된 나는 그 자리에서 신변을 취조 당했다.

"죄송합니다. 잘못했습니다. 저는 한국에서 온 순수한 여행자일 뿐이에요. 제발 한 번만 봐주세요."

내 안전한 신변을 파악한 그들은 강경한 어투로 소지품을 아무 곳이나 놓고 다니면 안 된다고 강조했다. 당연히 알고 있는 사실이지만, 순간의 피곤함을 없앨 요량으로 잠시 요물단지인 배낭을 팽개쳐두었다. 큰 실수 했다. 변명의 여지가 없었다. 그렇게 긴 심문이 끝나고, 그들은 내 신상이 담긴 여권을 찍은 뒤 '테러 의심 사건'에 대해 상부에 보고했다. 어휴, 여권 안 뺏긴 게 어디야. 하마터면 철창신세를 질 뻔했다.

안전에 관해 경각심을 가지다가도, 어처구니없는 순간에 무뎌지는 것 같다. 조심하자.

방학여행 호주

이 땅의 주인은
애버리지니

구 국회의사당 앞에는 누추한 천막이 있다. 호주에 정착한 유럽인들에게 항의하기 위해 1972년 원주민들에 의해 세워진 대사관이다. 말이 대사관이지 웅장한 구 국회의사당 앞에 작고 초라하게 세워진 천막은 여태까지의 원주민들의 실상을 너무나도 잘 나타내고 있었다. 매체에서는 이들이 횡포를 부릴지도 모르니 가까이 가면 절대 안 된다고 했지만, 왠지 모르게 마음이 아팠다.

원래 이 땅의 주인이었던 이들의 위상이 어쩌다가 이 지경이 되었을까.

오세아니아 대륙은 원주민의 땅이었다. 영국 해군의 선장 제임스 쿡James Cook이 호주를 발견한 이후, 영국이 호주를 식민지화하면서 이 땅은 단번에 영국인의 차지가 되었고 그에 따라 원주민들은 자신들의 소중한 보금자리를 잃게 되었다. 원주민들은 유럽에서 들어온 전염병에 의해서도 많이 사망했지만, 백인들에 의해서도 대량 학살되었다고 전해진다. 일제 강점기에 우리나라 사람들이 우리말과 글을 사용할 수 없도록 억압받았던 것처럼, 이들 역시 고유의 언어를 쓸 수 없었다고 한다.

비교적 최근이라고 할 수 있는 1900년대에 원주민 개화 정책이랍시고 아이들을 부모로부터 강제로 분리해 수용소로 끌고 갔다고 한다. 경악을 금치 않을 수가 없었다. 평등한 교육의 기회를 주면 될 것을, 어린아이를 부모로부터 떼어 놓다니 어처구니가 없다. 두 아이의 엄마로서 너무나도 슬펐다.

아주 오랜 세월 동안 투표권조차도 행사하지 못한 채, 이방인들에게 주인 자리를 내주었으니 얼마나 억울한 일인가. 가슴 아픈 사실은, 현재 호주의 저소득층과 범죄자 대부분이 원주민이라는 것이다. 차별로 인해 일할 기회조차 쉽게 얻지 못해, 각종 범죄로 결과가 나타날 수밖에 없을 듯하다. 참 아이러니하다. 엄밀히 말하면 호주 땅을 송두리째 훔친 자들은 유럽인이다. 왜 이들은 처벌받지 않고 주인행세를 떳떳하게 하고 있으며, 오히려 애버리지니를 범죄자 취급하는 것일까.

'애버리지니'라는 단어 자체도 모순이다. '반대'를 뜻하는 접두사 'ab'와 '근원'을 뜻하는 명사 'origin'이 합해져 '애버리지니Aborigine'라는 말이 생겨났다. 호주 땅에 아주 오래전부터 살아온 주인은 바로 원주민이다. 왜 이들은 '원래' 있었던 사람이 '아닌' 사람으로 불려야 하는 걸까(서양 사람들은 이들이 문명으로부터 떨어져 있어 이렇게 불렀다고 한다. origin을 문명의 기원으로 본 것이다). 호주 정부는 이들에게 더욱더 많은 교육과 취업의 기회를 제공하고, 사회적 위치를 탄탄히 다질 수 있도록 최대한 많은 혜택을 주어야 할 것이다.

그나마 다행인 것은, 방문했던 많은 곳에서 호주 애버리지니의 역사와 현실에 대해서 직시하고 알리고 있다는 것이다. 브리즈번 주립 도서관에서는 유럽인 도래 이전의 원주민 부족별 영토를 나타내는 호주지도를 전시하여 각 지역의 원주민들에 대해 알리고 있었고, 캔버라의 구 국회의사당에서는 원주민의 투표권에 대하여 자세히 전시 중이었다. 특히 캔버라에서는 어떤 장소든 원주민 국기와 호주 국기를 같이 배치해 놓음으로써 애버리지니와의 조화를 꾀하는 모습이 돋보였다. 현재는 '원래 주인'에 대한 배려를 의식적으로 잘 표출하고 있는 듯하다.

나는 초라하기 그지없는 천막대사관 앞에서 고개를 숙이고 이들의 밝아질 미래를 염원했다.

Summer의 호주여행 사용설명서

누가 호주 대륙을 처음 발견했을까.

호주 대륙을 처음 발견한 사람은 1770년에 첫발을 내디딘 '제임스 쿡' 선장이라고 알려졌지만, 문자로 기록된 바에 의하면 네덜란드의 탐험가들이 처음으로 이 대륙을 목격했다. 영국인으로서는 1688년 폭풍에 휩쓸려 호주에 도착한 윌리엄 댐피어 William Dampier 가 있다. 그는 우연히 호주 북서부 해안에 도착해 원주민들과 교류하며 이지의 등, 식물들을 관찰했다고 한다. 그는 보고서에서 호주 원주민들을 일컬어 자연이 제공하는 열매를 먹고 사는 미개한 유인원이라고 묘사했다. 이때까지만 해도 호주를 새로운 식민지로 개척하겠다는 계획은 전혀 없었다. 그 후, 제임스 쿡이 이곳의 근대화, 식민지화를 위해 영국 정부에 정식으로 보고했고 호주 대륙은 영국 죄수들의 유배지로서의 새로운 역사를 시작하게 되었다.

아닌 밤중의 배회

아…. 캔버라에서 아이들과 갈 수 있는 곳이 이렇게 많다니! 많은 사람이 당일이나 1박 정도로 충분히 둘러볼 수 있다고 했다. 차근차근 수도를 둘러보고자 여유 있게 4박을 잡았는데도 짧은 일정이 비통할 정도다.

조금이라도 더 보여주고 싶은 욕심이지만, 그곳을 온전하게 누림으로써 간직할 수 있는 기억 또한 소중하다고 생각해서 재촉하지 않았다. 하지만 내 마음 저 깊은 곳에서는 '어서어서 이동해야 시간 안에 계획한 걸 볼 수 있을 텐데….' 하는 아쉬움이 항상 있었다.

앞에서는 태연한 척했어도 속으로는 애가 탔다. 특히, 대한민국 대사관을 방문해 보고 싶었지만 버스를 잘못 타는 바람에 가지 못한 게 못내 아쉬웠다.

도서관을 사랑하는 가족으로서 야심차게 준비한 일정은 호주 국립도서관이다. 한 나라의 수도를 방문해서 국립도서관에 가지 않는다면 그건 앙꼬 없는 찐빵을 먹는 것이나 다름없다.

웅장한 자태를 뽐내고 있던 도서관 1층에는 흡사 갤러리 같은 멋진 기념품 가게와 카페가 있었다. 신 국회의사당과 구 국회의사당을 둘러보느라 오후 느지막이 방문했더니 카페는 이미 문을 닫은 후였다.

아이들은 도서관을 한 바퀴 둘러보려다 입구에 있는 퍼즐을 발견하고 곧장 집중하기 시작했다. 무려 1,000조각이나 되는 퍼즐! 누군가가 조금 맞춰 놓고 자리를 뜨면, 또 다른 누군가가 와서 맞춘다. 같은 시각에 그 자리에서 퍼즐 맞추기를 하진 않았어도, 결국에는 서로 협동해 완성하게 되는 셈이다. 모르는 사이의 각기 다른 사람들이 다른 시각에 합심하여 만드는 퍼즐이라…. 이거 상당히 재밌는데?

아이들은 누군가가 몇 조각 맞춰 놓은 퍼즐의 나머지 부분을 맞춰나가기 시작했다. 대략 서른 조각 정도의 뽀로로, 타요버스 퍼즐을 맞춰 본 적은 있어도 1,000조각 퍼즐은 처음이다. 과연 다 맞추겠어? 무시하는 게 아니라, 한눈에 봐도 맞추기 어려워 보였다. 게다가 퍼즐 조각들이 어찌나 작은지 이 모양이 저 모양 같고, 저 모양이 이 모양 같았다. 퍼즐의 전체적인 그림은 호주에서 자생하는 여러 식물과 꽃들을 세밀하게 그려놓은 것이었다.

나는 도서관 내부를 혼자서 구경하고, 아이들은 3시간 동안 자리 한번 뜨지 않고 퍼즐 맞추기에 집중했다. 대단한 녀석들. 장차 우리나라의 발전을 위해 이바지할 미래의 위인들이다(난 어쩔 수 없는 고슴도치 엄마임이 틀림없다).

호주 대륙의 발견에 기여한 인물을 소개하는 전시실이 바로 옆에 있어서 구경해 봤다. 도서관과 박물관이 같이 있다니 참 좋은 생각이다. 도서관에 공부하러 왔다가 잠깐 바람 쐬고 싶을 때 역사를 훑어보는 것도 괜찮은 방법이겠는걸?

참, 내게 중요한 볼거리는 바로 기념품 가게다. 호기심에 가득 찬 눈망울로 온갖 기념품을 구경했다. 맘에 들어 살까 말까 고민하다, 생각보다 비싼 금액에 슬그거니 내려놓았다.

어느덧 폐장시간이 다가오고 있었다. 오늘도 참 알차게 보냈다. 아이들에게 국립도서관 방문은 어떤 의미였을까. 물론 어른인 내게는 호주를 대표하는 도서관을 방문했다는 것에 큰 의의가 있었지만, 아이들에게는 그저 퍼즐을 제대로 즐긴 도서관일 수도 있겠다. 상징적인 의미를 깨우치진 못했을지라도 너희들이 진지하게 집중했다면 그걸로 충분하다.

오후 5시만 되어도 일제히 문을 닫아버리는 여타 호주의 관공서와는 달리, 국립도서관의 폐장시간이 오후 8시라서 좀 더 스며들 수 있었다. 갈 채비를 하려는데 아들 녀석이 일어날 생각을 하지 않는다. 한 가지에 빠져들면 옆에서 아무리 뭐라 하건 상관하지 않고 완벽히 집중하는 아이답다. 비일비재한 일이라 뭐 그리 놀랍지 않다마는 그래도 도서관 직원들의 퇴근시간은 지켜줘야 하지 않겠니?

퍼즐을 더 해야겠다는 아들에게, 내일 다시 와서 나머지를 완성하자고 몇 번을 어르고 달래 겨우 나왔다. 도서관을 나오니 푸른 잔디 너머로 그리핀 호수가 펼쳐진다. 어쩜 저리 광대할 수 있을까.

순간 두 눈을 의심했다. 푸른 잔디에서 힘차게 뛰어 노는, 족히 수십 마리는 되어 보이는 저 생명체들은 무엇일까. 다람쥐 떼? 아니다. 동화책 속에서나 볼 법한 갈색 야생토끼 떼였다. 피터 래빗^{Peter Rabbit4}과 그의 형제 수십 명이 모인 듯했다. 귀여운 토끼들이 너도나도 술래잡기하며 힘차게 놀던 장면은 뇌리에 꽤 오랫동안 남아 있었다. 아이들은 물론 나 역시 어릴 적 순수했던 소녀로 돌아가 신나게 토끼들을 몰았다(귀국해서 알게 된 사실인데, 호주에서는 이들이 무분별한 번식으로 인해 심각한 생태계 파괴범으로 인식되고 있단다).

호수를 건너면 우리 호텔 쪽이다. 녹진한 일몰을 즐기며 천천히 다리를 건너가도 되겠다고 생각했다. 점점 지는 해를 배경 삼아 가벼운 발걸음으로 다리를 건넜다. 행복했다. 그 어떤 검은 때에도 물들지 않은 순수한 우리 아이들과 이렇게 함께 여행할 수 있다는 건 분명 축복이다. 영롱한 노을빛을 받으며 한쪽은 딸의 손을, 한쪽은 아들의 손을 잡고 씩씩하게 걸었다. 어떠한 풍파가 닥쳐도 너희들의 고사리 같은 작은 손을 붙들고 있으리라.

---

4   영국의 아동 문학 작가 '베아트릭스 포터'의 토끼 캐릭터

다리 반대편에 다다랐을 때쯤, 이제 곧 우리 호텔이 나오겠거니 생각했는데 웬걸. 사방이 공사 중이라 길이 끊겼다. 예상치 못한 일이어서 정말 당황했다. 다시 돌아가 크나큰 횡단보도를 건너는 사이, 순식간에 칠흑 같은 어둠이 밀려왔다. 엎친 데 덮친 격으로 핸드폰의 배터리가 오늘 하루 동안의 임무를 마치고 힘없이 나가버렸다. 아, 어쩐단 말이냐.

낮에는 유유히 다리를 건너고 있던 차들이 밤이 되니 본성을 드러내고 쌩쌩 빠르게 달리는 것만 같았다. 첫날에 느꼈던 스산한 기운이 또다시 느껴졌다. 길을 걸어 다니는 사람은 단 한 명도 보이지 않았다. 비록 핸드폰은 꺼졌지만, 탁월한 방향감각을 지닌 나는 대충 어느 방향으로 가야 호텔이 나오는지 직감했다. 아니 직감해야만 했다. 하지만 보행자가 지나갈 수 있는 길은 자꾸만 호텔 반대쪽으로만 나 있었다. 아이들은 이렇게 캔버라에서 죽는 것 아니냐며 두려움에 떨고 있지, 계속 걸어가도 보행자 통로는 나오질 않지, 정말 무서웠다. 그러다가 갑자기 강도라도 나타난다면?

어쩔 수 없다. 한밤에 차들만 쌩쌩 다니는 이곳에서 과감히 무법자가 될 수밖에. 즉흥적인 결정으로 건널목이 없는 커다란 도로에서 무단 횡단을 감행했다. 하늘이 무너져도 솟아날 작은 구멍은 있었다. '이 세상의 모든 길은 다 이어져 있다.'는 든든한 우리 남편의 말을 떠올리며 걷고 또 걸었더니 기적같이 보행로가 나타났다. 그길로 우연히 호텔로 가는 길을 발견해 무사히 돌아갈 수 있었다. 밤 9시를 넘긴 시각이었다.

"엄마, 나 너무 무서웠어. 앞으로 엄마가 집에 가자고 하면 바로 나올게. 정말 미안해."

시종일관 겁에 질려 있던 아들이 흐느끼며 말했다. 그 모습이 어찌나 처량하던지.

'사실은 네 잘못이 아니야. 엄마 잘못이야. 우리가 버스나 우버를 탔으면 안전하게 이른 시간 안에 도착했을 거야.'

하지만 이건 비밀에 부치기로 했다. 이 녀석이 또 안 간다며 떼를 부릴 때 비상의 무기로 써야 하니까.

한밤의 무서웠던 배회를 통해 왠지 우리 셋의 사이가 더욱 돈독해진 것 같았다. 우리는 한 배를 탄 사람들이라는 사실을 다시금 깨닫게 되었다. 앞으로는 더욱더 조심하자며 서로 결의를 다지게 된 계기라고나 할까.

Summer의 호주여행 사용설명서

캔버라는 현재진행형이다

호주의 수도 캔버라는 진행 중이다. 아직 100% 완성되지 않았다. 새롭게 짓고 있는 건물도 상당히 많고 자동차가 다니는 도로며, 보행자 길을 계속해서 다듬는 중이므로 한밤중에 무턱대고 도보로 이동하는 무모함은 버리는 게 좋다.

더불어, 한국인에게 알려진 바와 달리 캔버라의 버스는 간결하게 아주 잘 되어 있으므로 대중교통을 쉽게 이용할 수 있다. 우리가 묵었던 캔버라 센터 주변에서는 가고자 하는 목적지까지의 모든 버스 편이 있었다.

줄 서서 먹는
젤라토의 맛

역시 난 언제나 설레는 여행자다. 어제 그렇게 벌벌 떨었어도 간밤에 푹 자고 아침 일찍 기상했다. 아이들은 어제의 여파로 피곤한지 계속 자고 있었다.

호주에서는 롱블랙과 플랫 화이트[flat white5]를 먹어봐야 한다던데. 내가 한번 만들어 먹어보자! 쓰디쓴 롱블랙은 마실 자신이 없으니, 롱블랙에 우유를 타서 나만의 플랫 화이트를 만들어 보기로 했다. 방 안에 있는 커피 머신으로 따뜻한 커피를 내린 후, 우유를 조금 섞었다.

테라스에서 상쾌한 아침 공기를 마시며 커피 한잔 해야겠다. 으, 춥다. 캔버라의 여름을 만만히 봐서는 안 된다. 서둘러 방으로 들어와 경량패딩을 껴입고 다시 나갔다. 나는 그리도 모닝커피의 분위기를 느껴보고 싶었나 보다.

빼곡한 숲 사이로 해가 떠오를락 말락 고민하는 듯했다. 고요한 숲과 모

---

5   에스프레소에 스팀밀크를 혼합하여 만든 커피의 일종. 호주와 뉴질랜드에서 즐겨 마신다.

닝커피, 나지막이 들리는 새소리. 삼박자가 어우러져 또 하나의 평화를 만들어 냈다. 비록 유명한 카페의 커피는 아니었지만 무슨 소용이랴. 자타공인 '커알못'인 내가 만든 플랫 화이트는 세상에서 제일 맛좋은 커피였다.

오전에 캔버라 박물관 & 갤러리와 ACT 도서관에 들렀다. 어제 국립도서관에서 아들이 퍼즐을 완성하지 못한 것에 대한 상당한 아쉬움을 표하자, 사서가 ACT 도서관에 가면 다양한 퍼즐이 있을 거라고 귀띔해 주었다. 하지만 기대하고 방문한 곳은 작은 도서관일 뿐 퍼즐은 없었다. 하는 수 없이 약속한 대로 퍼즐을 완성하기 위해 다시 국립도서관으로 향했다. 어젯밤 공포를 호되게 경험한 후 오늘따라 아들이 엄마 말을 어찌나 잘 듣던지, 두려웠던 한밤의 배회가 예상치 못하게 도움이 되었다.

어제 아이들이 했던 퍼즐을 누군가가 더 맞춰 놓았다. 조금만 더 하면 완성하겠구나! 안도의 미소를 짓는 순간, 갑자기 아들 녀석이 퍼즐을 일일이 다 분해해서 아예 처음부터 본인의 힘으로 하고 싶단다. 처음부터 시도해 본다니 대견하기도 하면서 한편으론 걱정되었다. 오늘도 폐장시간에 나가게 생겼다. 몇 시간 동안 초집중해서 맞춘다고 해도 완벽하게 다 맞출 순 없을 것 같은데…. 폐장시간까지 어차피 다 못 끝낼 일이기에, 고심 끝에 도서관 내 기념품 가게에서 똑같은 퍼즐을 사주기로 했다. 여행마다 쓸데 없는 기념품을 사지 말자 주의지만 호주를 대표할 수 있는 식물 퍼즐이므로 뜻깊은 선물이 되리라 생각했다.

국립도서관과 '퀘스타콘'에서 시간을 보내다 보니 서둘렀음에도 불구하고 어둑어둑해지고 있었다. 오늘은 어제와 같은 실수를 범하지 않으리라 하며 버스를 타고 캔버라 센터로 향했다.

호주에는 3대 젤라토가 있다. 아니타Anita, 젤라티시모Gelatissimo, 메시나Messina가 바로 그것. 비싼 아이스크림이라곤 '하겐다즈'와 '배스킨라빈스'밖에 먹어본 적이 없는 내게 젤라토의 가격은 비싼 축에 속했다. 호주물가가 비싸니 어쩔 수 없이 받아들여야겠지만 한 스쿱이 무려 8AUD다. 몸에 아주 좋은 유기농 재료로 만들었나 싶을 정도다.

캔버라 센터 내의 아니타 젤라토 매장에는 길게 웨이팅 라인이 있었다. '젤라토 하나 먹는데 줄까지 서야 하나? 그렇게 맛있나?'

    심드렁한 나와는 달리, 천진난만하게 기대에 찬 아이들은 무슨 맛을 먹을지, 어떤 토핑을 올릴지 행복한 고민을 하며 진득하게 기다렸다. 드디어 우리 차례다! 나는 피스타치오 맛, 딸은 쿠키 앤 크림 맛, 아들은 망고 맛 젤라토를 골랐고 아이들은 알록달록 젤리 토핑까지 추가했다. 먹음직스러운 젤라토 위에 형형색색의 젤리를 박아 놓으니 오오, 그럴듯한데? 젤라토가 예쁘다고 생각한 적은 또 처음이다. 맛은 두말하면 잔소리, 환상이었다. 진짜 피스타치오 견과가 오독오독 씹히는 젤라토를 한 입 베어 먹었을 때, 신세계를 경험했다.

    지금 딸과 아들의 표정은 진정 세상에서 제일 행복한 사람의 표정이다.

쫀득쫀득한 젤라토 위에 찐득찐득한 젤리를 하나씩 골라 먹는 재미도 있고, 재빨리 다 먹어버리면 또 먹고 싶을 테니 아껴먹는 재미도 있을 것이다. 절로 흐뭇한 웃음이 났다.

한국에서 젤라토 아이스크림에 젤리를 쏙쏙 올려서 이렇게 비싼 가격으로 판매하면 대박 나지 않을까? 무모한 사업 추진 계획을 세워보았다. 에헤이, 젤라토를 먹는 그 순간을 즐겨야지 딴생각은 하지 말자!

Summer의 호주여행 사용설명서

상상의 나래를 펼칠 수 있는 곳 퀘스타콘

촉박한 시간으로 1시간 30분 정도밖에 머무르지 못했던 퀘스타콘은 어린이 과학관이다. 각 카테고리 별로 과학체험을 할 수 있는 공간이다. 폐장시간 임박으로 제대로 구경하지 못해 아쉽다. 캔버라에서의 시간만 충분했다면 매일 방문했을 것이다. 아이들은 이곳에서의 체험을 아직도 이야기할 정도로 좋아했다. 어린이와 함께 캔버라에 방문한다면 이곳을 꼭 방문해 보시라.

캔버라에서 나는•••.

캔버라에는 어쩜 이렇게 모르고 가나 싶을 정도로 무지의 상태로 갔다. 아이들과 갈만한 곳만 몇 군데 생각했을 뿐 숙소로의 이동을 어떻게 할지, 어디에서 장을 볼지 전혀 공부하지 않았다. 아니, 못했다. 한국인이 캔버라를 여행했다는 후기가 손꼽을 정도로 적었기 때문이다. 보통은 당일치기나 1박 2일의 짧은 일정이 대부분이었고, 많은 사람이 여행이 아닌 출장 목적으로 방문했다. 정보가 턱없이 부족했다. 동선이 길어서 무조건 택시를 이용해야 한다는 것, 그다지 볼 것이 많지 않은 재미없는 도시라는 것 정도의 취약한 정보가 나를 더욱 긴장하게 했다. 하지만 사람들의 리뷰가 무색하게도, 캔버라는 여행하기 아주 적합한 교육적인 도시였고 대중교통 시스템이 아주 편리한 곳이었다.

5일 동안 매일같이 나를 맞아 준 것은 상쾌한 공기였다. 처음 공항에 발을 디뎠을 때 캔버라의 첫인상은 굉장히 찼지만, 지내면 지낼수록 '이토록 아름답고 상쾌한 수도가 있을까?' 하는 생각이 들었다.

KOREA
1950-1953

ROYAL AUSTRALIAN NAVY
H.M.A.S. SYDNEY

FLEET AIR ARM
805 SQUADRON

AUSTRALIAN MILITARY FORCE
ROYAL AUSTRALIAN
ENGINEERS

ROYAL AUSTRALIAN
INFANTRY CORPS
ROYAL AUSTRALIAN REGIMENT
1 BATTALION

2 BATTALION

3 BATTALION

REINFORCEMENT
HOLDING UNIT

SERVING WITH HEADQUART
COMMONWEALTH DIVISIO

ROYAL AUSTRALIAN AIR FO
91 COMPOSITE WING

77 SQUADRON

MALAYAN
EMERGENC
1948-196

OYAL AUSTRALIAN
H.M.A.S. ANZA

H.M.A.S. TOBR

USTRALIAN MILIT
ROYAL AUSTR
ARTILLER

ROYAL AUST
INFANTR

우리 숙소는 캔버라 시내 정중앙에 있었다. 한 나라의 수도에서 중심지라 하면 북적북적한 분위기와 극심한 차량정체를 떠올릴 것이다. 중심지인 상업 지구에 호텔이 있으니 요금이 사악하진 않을까? 이런 선입견을 단번에 깨뜨려 준 곳이 바로 캔버라다. 인구밀도가 워낙에 낮다 보니, 도로의 차량정체는 감히 상상할 수조차 없었고 웬만한 브랜드의 호텔 가격이 다른 대도시에 비해 저렴했다.

시내 한가운데 호텔에서 보이는 울창한 숲을 상상해 보았는가. 부시 캐피탈Bush Capital[6]에서라면 가능하다. 가히 어떤 인공적인 구조물 하나조차 허락하지 않는, 빼곡히 숲을 채우고 있는 원시림을 보고 있노라면 여태껏 내 마음속의 노폐물이 싹 다 사라지는 통쾌함을 맛볼 수 있다.

모든 것이 와 닿았다. 캔버라의 군더더기 없는 깔끔함과 널찍널찍함, 사방에 펼쳐져 있는 초원과 숲, 하지만 수도답게 있을 건 다 있는 편리함이 정말 마음에 들었다.

예상치 못한 일련의 사건들. 희망을 품고 아들의 모자를 찾았던 일, 국회의사당에서 테러 용의자로 의심받았던 일, 한밤중에 식은땀 죽죽 흘려가며 삭막한 도로를 헤맸던 일은 죽을 때까지 잊지 못할 것 같다. 그 당시에는 답답하고 무서웠던 경험이었지만, 어찌 되었건 무사히 종결되었기 때문에,

---

6   캔버라는 '숲속의 수도'라는 별명이 붙을 정도로 자연과 정원이 어우러져 있다. (bush: 사전적으로는 관목, 덤불이라는 뜻이지만 호주에서는 개간되지 않은 곳, 도시와 떨어진 곳, 얕은 산등을 통틀어 말하기도 함)

회상해 볼수록 캔버라에 대한 애정을 더욱더 증폭시키게 된다.

사람들 역시 관대하고 친절했다. 처음에는 관광객이 그리 많지 않다기에 무척 긴장했다. 우리를 무시하면 어떻게 하지? 적대적이면 어쩌지? 공항에서 허둥지둥 갈 곳을 잃은 여행자를 위해 여유의 미소를 가지고 기다려 준 버스 기사님과 손님들, 첫 캔버라의 인상을 따스하게 심어준 중국인 유학생들, 안작 퍼레이드에서 만난 호주 할머니에게 특별한 감사의 인사를 전하고 싶다. 외국인 여행자를 위해 구구절절이 세부 정보를 곁들여 설명해 준 머레이 버스 직원까지도 정말 고맙다.

사람들은 왜 이렇게 멋진 호주의 수도에 방문하지 않는 것일까? 정치, 행정 중심의 도시이므로 관광 인프라가 턱없이 부족하기 때문일 것이다. 하지만 이렇게 반문하고 싶다. 어떤 나라를 여행할 때 꼭 인위적으로 즐길거리가 있어야만 하는 거냐고. 여러 국가행정 기관과 도서관, 울울창창하게 우거진 숲 역시 호주의 수도를 이해하기에 충분한 볼거리라고 생각한다. 캔버라에서 4박만 하는 바람에 가 보고 싶었던 국립 박물관과 국립 호주 대학교에 못 간 것이 정말 아쉽다. 아이들과 함께 여행하는 많은 부모님에게 수도 방문을 진심으로 추천한다. 아무도 가지 않는 호주의 수도, 캔버라에 머무른 것은 정말 잘한 일이다.

Chapter 3

시드니가
시드니 했다 ^{Sydney}

번잡한 도시에서 되찾은 진정한 행복

"화려한 도시에서의 여정을 망설였다.
그러나 도심 속 자연에서 뜻밖의 안식과 위로를 얻으며,
여행을 아름답게 마무리할 수 있었다."

하버 브리지와 정박된 대형 크루즈

아이들과 함께 하는 시드니 여행 팁

✤ 유명세만큼이나 볼 것도, 할 것도 많은 도시가 바로 시드니다. 대중교통으로 비교적 쉽게 명소에 갈 수 있으니 동선을 잘 계획해 보자.

✤ 시드니 근교의 유명한 볼거리로 블루마운틴과 포트 스테판이 있다. 각자의 취향에 따라 데이 투어를 이용하거나 차를 렌트해 즐길 수 있다.

✤ 대중교통 별로 요금이 다르긴 하나 보통 2~8AUD로 비싼 축에 속한다. 하지만 아무리 많이 이용하더라도 하루 최대 15,000원 정도, 주말엔 최대 8,000원 정도까지만 결제되는 유용한 할인 정책Daily cap이 있다. 가격이 상대적으로 비싼 페리 탑승이나 근교 여행은 주말을 이용하도록 하자.

✤ 아이들에게 교육적인 박물관과 갤러리가 많다. 배럭 박물관, 뉴사우스웨일스 아트갤러리, 시드니 박물관, 주립 도서관, 자연사 박물관은 서로 근거리에 있어 쉽게 이동 가능하다.

아이들과 함께 가면 좋은 곳

퀸 빅토리아 빌딩(QVB, Queen Victoria Building)

하이드 파크(Hyde Park)

배럭 박물관(Hyde Park Barracks)

뉴사우스웨일스 아트갤러리(Art Gallery of New South Wales)

타롱가 주(Taronga Zoo Sydney)

로즈 베이(Rose Bay)

왓슨스 베이(Watsons Bay)

갭 파크(Gap Park)

루나 파크(Luna Park Sydney)

시드니 박물관(Museum of Sydney)

뉴사우스웨일스 주립 도서관(State Library of New South Wales)

텀바롱 공원 놀이터(Tumbalong Park Playground)

시드니 대학교(The University of Sydney)

블루마운틴(Blue Mountains)

맥쿼리 부인 의자(Mrs Macquarie's Chair)

시드니 타워 아이(Sydney Tower Eye)

자연사 박물관(Australian Museum)

본다이 비치(Bondi Beach)

포트 스테판(Port Stephens)

시드니에서의 하루하루

1일 차 센트럴 역 — 호텔 — 하버 브리지Sydney Harbour Bridge — 오페라 하우스

2일 차 QVB — 하이드 파크 — 세인트 메리 대성당Saint Mary's Cathedral — 배럭 박물관 — 뉴사우스

웨일스 아트갤러리 — 보타닉 가든 — 오페라 하우스 — 하버 브리지

3일 차 타롱가 주

4일 차 아침 산책 (시청, 달링하버) — 로즈 베이 — 왓슨스 베이 — 갭 파크 — 루나 파크

5일 차 아침 산책 (바랑가루 보호구역Barangaroo Reserve, 천문대Sydney Observatory, 올림픽 파크Sydney Olympic

Park) — 시드니 박물관 — 뉴사우스웨일스 주립 도서관 — 하이드 파크 — 텀바롱 공원 놀이터

6일 차 시드니 대학교 — 블루마운틴 당일 투어 (링컨스락Lincoln's Rock, 세 자매 봉Echo Point Lookout) — 맥쿼

리 부인 의자

7일 차 QVB — 시드니 타워 아이 — 하이드 파크 — 자연사 박물관 — 맥쿼리 부인 의자

8일 차 포트 스테판 당일 투어 (돌핀와칭, 모래 썰매, 오크베일 동물원Oakvale Wildlife Park) — 오페라 하우스

9일 차 본다이 비치 — 써큘러키Circular Quay

10일 차 아침 산책 (키리빌리Kirribilli) — 패디스 아켓Paddy's Market — 써큘러키 — 시드니 공항

호주에서 가장 유명한
도시로 가는 길

우여곡절 끝에 구매했던 머레이 버스를 타고 시드니로 가는 날이다. 체크아웃 후, 졸리먼트 센터로 갔다. 어떻게? 캐리어 이고지고 걸어서. 그 엄마에 그 아이들은 셋이서 한 덩어리가 되었다. 아이들은 거대 사이즈 캐리어를 "하나, 둘, 셋!" 서로 협동하면서 잘도 굴린다.

"내가 내비게이션 할게, 네가 조종해."

언제 역할까지 분담해가며 굴릴 생각을 한 거니. 기특한 아이들이다.

시드니까지는 3시간 30분이 걸린다. 광활한 호주에서 이 정도면 정말 가까운 거리다. 브리즈번에서 캔버라로 올 때 수화물 무게 초과로 짐을 넣었다 빼었다 난리 통을 겪어서인지, 무게를 신경 쓸 필요 없는 버스 편이 훨씬 간편하고 좋았다. 단, 아들의 '언제 도착해?' 타령을 귀 터지게 들어야 했던 점 빼곤 말이다.

타자마자 언제 도착하는지 묻는 아들.

"응, 3시간 30분 걸려."

"응, 2시간 남았어."

"응, 1시간 30분 남았어."

"응, 이제 10분만 가면 돼."

"이제 5분 남았으니까 기다려줄래? 좀!"

본인은 300초까지 다 셌는데 왜 아직도 도착 전이냐고 성화다. 무슨 초 단위까지 세니. 그렇게 인생이 톱니바퀴 굴러가듯이 딱딱 정확하게 맞아떨어지면 그건 수학 공식이지 여행이 아니라구! 어휴, 딸은 아무 말 없이 잘만 가는데 같은 뱃속에서 나온 이 뚝별씨는 왜 이렇게 참을성이 없는 건지. 이젠 비행기를 타지 왜 3시간도 넘게 걸리는 버스를 탔냐고 난리다. 비행기는 1시간이면 도착한다며 불평불만을 늘어놓는 중이다.

"1시간만 타고 가면 좋게? 공항 가야 해, 수속해야 돼, 짐 부쳐, 비행기타, 또 짐 찾아, 비행기가 더 오래 걸리거든요?"

항상 부드럽고 따듯한 어머니의 면모를 보이고 싶지만, 이 상태로는 도저히 그럴 수 없다. 시드니에 아직 도착하기 전인데도 벌써 피곤해졌다.

호주 최초이자 최대의 도시 시드니는 어떤 곳일까. 오래 전, 발을 한번 내디뎌 보았다지만 완전히 새로운 느낌이다. 익숙하지 않은 어딘가에 도달한다는 것. 여전히 두렵다. 하지만 새로운 세계에 대한 호기심은 그 이상이라 씩씩하게 이겨내 보려고 한다.

무사히 센트럴 역에 도착해서 어리바리하게 어린이용 오팔 카드^{Opal Card,} ^{시드니 교통카드}를 구입, 충전한 후 노스시드니^{North Sydney} 역으로 갔다. '짐도 많은데 왜 저렇게 힘들게 가는 거지?' 의아해하시는 분들이 있을 것이다. 앞서 말했듯, 내 여행 사전에 택시란 없다. 특히나 물가 비싼 호주에서 택시는 사치였다. 도보나 대중교통을 이용하되 천재지변과 같은 어쩔 수 없는 상황에서만 택시를 이용하리라 마음먹은 뒤였다. 귀국하는 날 숙소에서 공항 가는 길에 처음이자 마지막으로 우버를 탔다.

나는 한 살이라도 젊을 때 사서 고생해 봐야 한다는 주의다. 모든 일은 가만히 누워 있을 때 알아서 해결되지 않는다. 발 벗고 열심히 뛰어야 원하는 결과가 나온다는 사실을 누구보다도 잘 알고 있는 사람이라, 몸소 부딪치는 여행을 하고 있다. 아이들과 이정표를 보면서 어디로 가야 할지 함께 고심해 보는 과정이야말로 돈 주고도 못 사는 찐 경험이다. 필요할 때마다 즉시 우버를 타는 여행보다는, 열심히 찾아보고, 고생도 좀 해 보는 여행을 하고 싶었다. 셋이서 머리를 맞대어 타협하고 고민하는 과정에서 더 넓은 세상을 접하고 싶었다.

두 다리가 멀쩡한 한 대중교통을 이용할 것이다. 힘들고 고되지만, 더욱 호기심 가득하고 재미있는 방법을 택했다. 이 선택이 나중에 우리 아이들에게 더 값진 기억으로 남으리라는 확신을 가지며.

Summer의 호주여행 사용설명서

시드니 교통카드

현재 트래블 카드(Visa, Master 카드) 사용이 가능하다. 어린이의 경우 어린이용 오팔 카드를 소지해야 어린이 요금을 적용받을 수 있다.

혹시 인종차별 당한 건가요

처음이라 모든 것이 생소했지만 그래도 실패 없이 노스시드니 역 근방의 우리 호텔에 도착했다. 버스표를 살 때와 마찬가지로, 체크인할 때 필수 과정은 어떤 사람이 더 상냥하고 친절해 보이는지 간파하는 일이다. 인상이 좋아 보이는 직원 앞으로 용기 있게 다가갔다. 기대 반 의심 반으로 입가에 미소를 장착한 후,

"가능하다면 높은 층의, 좋은 전망을 가진 방을 주시면 감사하겠습니다."

라고 운을 뗐다. 브리즈번, 캔버라에서의 방 배정 사건 이후 체크인 전, 말이라도 한 번 정중히 꺼내 봐야겠다고 다짐했다. 혹시 모른다. 조금 더 선심 써줄지.

배정된 방은 14층이다. 드디어 나의 체크인 징크스가 풀리는 것인가. 몇 층이 가장 높은 층이냐고 물어보니 29층이란다. 엇, 그럼 더 높은 층으로 부탁해 봐야겠다. 나의 누런 건치가 보이게 최대한 해맑은 미소를 띠며 좀 더 높은 층은 안 되냐고 물었다.

직원은 나의 미소에 경쟁이라도 하듯 더 크게 웃음 지으며 말했다.

"14층은 상당히 높은 층이랍니다."

더 높은 층이었으면 오페라 하우스를 훨씬 더 시원하게 볼 수 있었을 테지만, '내가 예약한 가격의 방은 14층이 최고층인가 보다.' 하고 룸 카드를 건네받았다.

별안간 옆에서 다른 서양인 손님을 아주 친절히 응대하던, 메기같이 생긴 여직원이 불쑥 끼어들었다.

"더 좋은 전망의 높은 층은 풀 하우스full house야. 네가 구매한 가격으로는 전망 없는 방만 있거든?"

큰 뻐드렁니를 소유한 그녀는 썩은 표정으로 나를 노려봤다. 어이없던 그녀의 무례함에 나는 기분이 나빴지만 어색하게 웃으며 고개를 끄덕였다.

카드키를 엘리베이터 바로 앞에 있는 모니터에 대면, 입장 가능한 층만 뜨게 되고 손님은 그중에서 본인이 갈 층을 클릭한다. 캔버라에서도 같은 계열의 호텔에 묵었던지라 이 시스템을 잘 알고 있어서 우리 층인 14층을 클릭했다.

이윽고 엘리베이터가 로비 층에 도착해 캐리어를 끌고 타려는 찰나, 뻐드렁니 여직원이 손님의 세탁물로 보이는 옷가지들을 들고 먼저 타버렸고 그 순간 문이 닫히려고 했다. 이런 상황에서 보통의 인간이라면, 당연히 열림 버튼을 서둘러 눌러 문을 열어 주거나 손으로 문을 잡아 줄 것이다. 하지만 이 여자는 아무런 조치 없이 무표정으로 나를 응시하더니, 내가 잡은 엘리베이터를 타고 유유히 올라가 버렸다.

순간 너무 화가 났다. 저 여자 뭐지? 내가 단지 더 높은 층은 없냐고 물어본 게 그렇게 불쾌한 일이었을까? 심지어 내 담당 직원은 그녀가 아닌 '벤자민'이라는 남자직원이었다. 최대한 그녀를 이해해 보려 했지만, 화는 쉽게 가라앉지 않았다. 호주에서 늘 친절한 응대를 받았기에 더 그랬는지도 모르겠다.

어느새 아까 나를 담당했던 벤자민이 달려와서 다른 엘리베이터를 잡아주었다.

"여직원의 행동이 이해가 안 돼. 혹시 쟤 화났니?"

"아니, 원래 저래."

"쟤 이름이 뭐니?"

"Liah야."

아, 죽을 때까지 잊지 못할 이름이다.

호주에서는 체크인 타임이 유달리 피곤하다. 브리즈번에서는 실내수영장 뷰의 방을 줘서, 캔버라에서는 유령 나올 것 같은 공사장 뷰의 방을 줘서, 시드니에서는 웬 뼈드렁니 호텔 여직원에게 최악의 응대를 받아서다. 앞으로 한동안은 호텔 체크인할 때 제대로 긴장 좀 해야겠다. 또 무슨 일이 닥칠지 모르니까. 내가 아시아인이라서 인종 차별당한 건가? 바로 전 서양인에게는 잇몸까지 드러내며 환히 웃던 그녀였는데. 쟤는 내가 마음에 안

드나? 이유 없이 내가 싫은 건가? 아님, 오늘 뭐 안 좋은 일이 있어서 화풀이 대상을 찾고 있었는데 마침 내가 본인의 심기를 건드린 건가? 최대한 그녀의 입장에서 생각해 보며 혼자 별의별 생각을 다 했다.

 우리 방에서는 넓은 대로, 그보다 더 넓은 바다, 그토록 간절히 원했던 오페라 하우스가 보였다. 그런데 지금 뷰고 뭐고 기분 나빠 죽겠다.

 한참을 씩씩거리며 숨을 가다듬고 있는데 누군가 노크했다.

 "똑똑!"

 벤자민이 미안하다며 초콜릿과 아이들을 위한 액티비티 북을 들고 찾아왔다. 잘못은 뼈드렁니 여직원이 했는데 왜 네가 온 거냐? 그래도 기분 나쁜 기억은 어서 잊어야 했기에 사과를 받고 그를 얼른 돌려보냈다.

시드니가
시드니 했다

사실 호주여행을 준비하면서 내가 제일 기대했던 도시는 시드니가 아니었다. 화려한 도시라는 이미지 때문일까. 모든 세계인이 호주 하면 1순위로 떠올리는 도시라, 그래서 더 와 닿지 않았다. 이건 순전히 내 성격 때문이다. 내가 생각하는 어떠한 역치 이상의 도시는 부담스럽다. 앞서 여행했던 브리즈번과 캔버라가 훨씬 더 편안하고 안정감 있었다. 현지인과 관광객으로 넘쳐나는 번잡함을 피해 일부러 숙소를 중심가에서 떨어진 노스시드니로 잡았다.

일단, 못생긴 뻐드렁니 여직원에게 당했던 불쾌감을 어서 없애야겠다. 계속 숙소에 누워 있다가는 짜증의 더께만 쌓여 갈 것이므로 서둘러 나갈 채비를 했다. 오전 내내 시드니로 향하는 버스 안에 갇혀 있었다고 생각하는 우리 아들은 나가지 않겠다고 볼멘소리를 해대었다. 이 녀석의 투정이 더는 새롭지 않은 지경에 이르렀기에 같이 가자는 설득은 하지 않기로 했다. 아들은 숙소에서 퍼즐을 맞추고 있기로 하고, 나는 딸과 함께 오페라하우스로 향했다.

대도시라고 해서 매연이나 미세먼지가 가득할 것으로 생각했다면 그건 오산이다. 깨끗하고 청명한 하늘을 보면서 새로운 거리를 걷자니 몹시 설렜다. 시력이 좋아지는 것 같은 선명한 풍경에, 조금 전의 일은 언제 그랬냐는 듯이 깨끗이 잊고, 힘차게 걷기 시작했다. 밀슨스 포인트 스테이션 Milsons Point Station을 지나니 사람들이 급격히 많아졌다. 브리즈번에서의 똥촉 이후 나의 여행 촉이 다시 돌아왔다. 느낌적인 느낌으로 옆으로 가보니 하버 브리지로 올라가는 계단이 떡하니 나타났다.

베스트 여행 메이트가 된 우리 딸과 걷는 하버 브리지! 20여 년 전 패키지여행에서는 먼 곳에서 바라보기만 했었는데 실제로 하버 브리지를 걸어

보는 날이 오다니 감개무량했다. 게다가 눈앞에 바로 오페라 하우스가 보인다. 이보다 더 큰 영광이 있을까. 점점 더 가까워지고 있다. 오페라 하우스가 내게 뭘 대단하게 해 준 것은 없다. 하지만 내 두 눈으로 담았다는 것 자체만으로도 감사해서 어찌할 바를 몰랐다.

다리 위로 지나는 수많은 차로 인해 미세한 덜컹거림이 있었다. 오페라 하우스의 멋진 자태를 담기 위해 난간 가까이 다가갔을 때 다리가 어찌나 후들거리던지. 예전엔 그렇지 않았는데 노화의 증상이 스멀스멀 나타나고 있는 모양이다. 하지만 열심히 찍어야 했다. 차곡차곡 담은 이 순간이 시간이 지나면 조금씩 희미해질지도 모르니까 말이다. 목숨 걸고 찍은 여러 장의 전리품을 소중히 간직한 채 앞으로 나아갔다.

멋지다. 멋지다. 멋지다! 너무나도 아름다웠다. 딱 집어 어떤 피사체가 아니라 한 폭의 그림 같은 시드니 자체가 아름다웠다. 한 번도 걸어보지 않은 길이지만, 감탄하며 무작정 걷고 또 걸었더니 오페라 하우스에 점차 가까워졌다.

덴마크 출신의 건축가인 예른 웃손 Jorn Utzon 은 오페라 하우스를 설계할 당시, 부인이 잘라준 오렌지 조각을 보고 힌트를 얻었다고 전해진다. 아무 생각 없이 조개껍데기의 형상이라고 생각했었는데 개요를 알고 나니 사뭇 오렌지 조각 같아 보이기도 했다.

주변은 온 세상 사람들 다 모이기라도 한 듯 수많은 인파로 바글바글했다. 번잡함을 두려워하고 싫어하는 나지만, 이번만큼은 사람들 틈 속에서 그 순간을 같이 즐겨야겠다고 생각했다. 하버 브리지가 바로 보이는 뷰 포인트에서 한국에서 온 여성들에게 사진을 부탁하고, 나도 그들의 젊음을 담아주었다. 이제 젊은 사람들을 보면 그렇게 싱그러울 수가 없다. 인생의 가장 아름다운 시기에 친구들과 호주를 방문한 그들은 발랄했고, 통통 튀었고, 시종일관 웃었다. 나도 저들처럼 20대 초반이었을 때 해맑게 함박웃음을 터뜨렸었지. 그 시절의 많은 40대도 나의 찬란한 젊음을 부러워했을까? 나에게 더 이상의 외적 젊음은 존재하지 않지만, 마음만큼은 20대, 아니 10대다. 나이를 먹어도 마음은 영원히 소녀라는 어른들 말이 이제야 이해된다. 내가 더 나이 들면, 40대인 지금의 나를 또 부러워하고 있겠지. 매 순간을 행복하게, 열정적으로 임해야겠다는 생각을 해본다.

결코 짧은 거리가 아니었지만, 다시 하버 브리지를 관통하여 숙소까지 걸어가기로 했다. 평상시보다 훨씬 더 많이 걷는 바람에 다리가 퉁퉁 부었다. 그래도 이쯤은 아무것도 아니다. 지금 시드니가 나에게 주는 기쁨에 비하면.

생애 두 번째 독주회
: 수줍은 아이, 세상 앞에 서다

어제 저녁밥을 젤라토 한 개로 해결했다. 그래서 아침부터 배가 아주 고팠다. 두툼한 소고기 큐브 스테이크에 채소를 듬뿍 넣어 먹으니 그 맛이 일품이다. 호주산 소고기는 먹는 순간 사라져 버리는 마법 사탕인 양 입에서 살살 녹는다.

트레인을 타고 타운홀 역으로 갔다. 타운홀 역 주변은 시드니의 각종 명소가 가깝게 몰려 있는 곳이라 이곳을 기점으로 여행 일정을 짜면 좋다. 물론 숙소도 이 근방에 정하면 동선이 그만큼 짧아지기 때문에 매우 편리하다. 하지만 관광지와 가까운 숙소는 그와 비례하여 가격 또한 기하급수적으로 올라가므로 예산을 잘 따져봐야 한다.

첫날 노스시드니 역으로 갈 때는 짐이 많아 트레인 내부를 제대로 감상하지 못했는데, 오늘 가벼운 차림으로 타보니 정말 깔끔하다. 실제로 여행하는 동안 이용해 본 트레인, 메트로, 트램 모두 깨끗했고 심지어 지하철역은 청결 그 자체였다. 깨끗한 자연에 이어 깨끗한 대중교통이라니! 어째 호주에서는 장점만 극대화되어 눈에 보인다.

타운홀 역으로 향하는 2층 트레인에서는 기가 막힌 명관이 펼쳐진다. 달리는 트레인 안에서 호주의 오페라 하우스를 덤으로 감상할 수 있는 것이다! 오페라 하우스를 둘러싸고 있는 파란 하늘과 구름, 푸른 바다, 바다에 둥실둥실 다니는 많은 페리와 그 주변을 평화롭게 날아다니고 있는 갈매기, 그리고 지금 우리가 관통하고 있는 하버 브리지까지. 완벽한 퍼즐 조각처럼, 모두 합하면 정말 멋진 작품사진이 된다. 반대편으로도 역시 드넓은 바다와 아름다운 주택들, 화려한 루나 파크까지 감상할 수 있다.

지하에 고풍스러운 엘리베이터가 보였다. 바로 말로만 듣던 퀸 빅토리아 빌딩이잖아? 어쩜 저렇게 아름다운 건물을 지었을까. 나라마다 건축양식이 다 다르다는 게 새삼 느껴졌다. 외부도 웅장하고 멋있었지만, 내부는 더욱 그러했다. 아치 모양을 한 여러 상점, 건물 내부의 통로, 난간, 천장, 고풍스러운 시계까지 온 관람객의 시선을 사로잡기 충분했다.

찬찬히 구경하면서 내려가던 중, 피아노 한 대가 보였다. 앗! 우리 아이들의 피아노 실력을 뽐낼 타이밍은 바로 이때다. 사람들 앞에 나서길 주저하는 딸, 아들을 위해 공개적인 장소에 피아노가 있으면 호들갑을 떨며 내심 그들이 스스로 쳐 보기를 기대한다. 다행히 지난 브리즈번 여행에서 딸이 한차례 피아노 연주를 해봐서인지, 여기에서도 연주해 보고 싶어 했다.

지난 1년간 갈고 닦은 피아노 실력을 보여주고자 아들이 먼저 의자에 앉았다. 이 녀석은 진지한 표정으로 〈고기잡이〉 동요를 끝까지 연주하고야 말았다. 고기를 잡으러 바다로 갈까나~ 고기를 잡으러 산으로 갈까나~ 간식에 혹해서 가게 된 피아노 학원을 진득하게 다니고 있는 녀석이다. 모든 게 더뎠던 작은 생명이 언제 저렇게 자라 호주의 유명한 건물에서 피아노 연주를 하는 걸까. 기본적으로 아들의 행동은 언제나 귀엽고 사랑스럽다.

딸은 한참을 고민하더니 드디어 자리를 잡고 담담하게 연주해 나가기 시작했다. 퀸 빅토리아 빌딩에 딸의 연주곡이 울려 퍼졌다. 어떤 이는 지나다가 멈춰 서서 고개를 가만히 숙이고 감상했고, 어떤 이는 본인의 핸드폰으로 아이가 연주하는 모습을 촬영했고, 어떤 이는 흐뭇하게 미소 지으며 지나갔다. 어떻게 보면 늦은 시기인 초등학교 3학년 때, 부모의 강요 없이 자신의 의지로 피아노를 배우게 되었다. 고작 2년을 배웠을 뿐인데, 초등학교 시절 내내 배운 나보다 더 잘 친다. 이렇게 묵묵히 나아가는 아이를 볼 때면, 내 마음 한구석에 '잔잔하지만 커다란 파도'가 일렁이는 것 같다. 이 아이는 수줍고 조용해서 남들 눈에 잘 띄지 않는다. 하지만 단단하고 옹골진 늘품을 가진 아이다. 속도가 느려도 멈추지 않고 꾸준하게 전진하는 아이다. 내가 낳은 딸이지만 나보다 훨씬 더 성숙하고 현명한 아이. 우리 딸을 정말 존경한다.

아이들의 의지로 연 QVB에서의 피아노 독주회. 작지만 소중한 이 경험을 통해 우리 아이들이 자신감을 조금이나마 얻었길 바라본다.

Summer의 호주여행 사용설명서

레일을 따라 달리는 시드니의 교통수단에는 어떤 게 있을까?

시드니의 대중교통은 크게 트레인(T), 메트로(M), 트램(L)으로 나뉜다.

T : Train. 사람들이 가장 많이 이용하는 교통수단으로 거의 2층으로 되어 있다. 지상으로 달릴 때 바깥을 감상하는 묘미가 있다. 되도록 2층에 탑승하여 아름다운 시드니 풍경을 감상하도록 하자. 트레인이 하버 브리지를 관통할 때 멋진 하버 브리지와 오페라 하우스, 푸른 바다를 한눈에 볼 수 있다.

M : Metro. 트레인과 거의 같다고 보면 되나 지하로 다니고 기관사 없이 운행된다. 비교적 최근에 운행을 시작해서 아직 호선이 많지 않다. 굉장히 청결하고 깨끗하다.

L : Light Rail. 트램을 말한다. 시드니 시티 내에서 아주 편리하게 이곳저곳을 다닐 수 있다. 지상으로만 이동, 정차하기 때문에 승하차가 간편하고 구간의 길이가 짧아 단거리 이동에 유용하다.

한국 vs 호주
체스 국가대항전

캔버라에서 대한민국 대사관을 못 간 한을 풀기 위해, QVB 근방에 있다는 대한민국 영사관을 찾았다. 내가 생각했었던 대한민국 영사관은 한 건물을 다 차지하고 있는 위용 가득한 모습이었지만, 기대와는 달리 건물 내의 많은 회사와 같이 있는 형태였다. 아, 맞다. 시드니는 호주의 수도가 아니었지. 머릿속으로 대사관을 생각했었나 보다. 영사관 건물 앞에서 조금은 실망하고 있던 찰나, 왠지 익숙한 카페가 보였다. TV 프로그램인 '부산 촌놈 in 시드니'에 나왔던 카페 두 곳이 모두 이곳에 있었다. 대한민국 영사관이 있는 건물의 1층에 있는 이 카페가 방송에 나온 건 우연일까, 필연일까.

아이들과 함께 하는 일정은 언제나 제때 되는 일이 없다. 배럭 박물관을 가기 위해 서둘러 하이드 파크를 가로지르던 중, 커다란 체스판을 발견했다. 이번엔 아이들이 이곳에 멈춰 체스에 몰두하기 시작했다. 그래, 좋다! 너희들이 재미있으면 그것도 하나의 즉흥적인 일정이지. 실은 오늘 가려고 했던 곳이 여러 군데 있었지만, 일정이 조금 뒤처지면 어떠리.

솔직히 말하면, 나 역시 빨리빨리 여러 곳 '도장 깨기'와 진득하게 한 장소 '음미하기'를 놓고 갈등을 반복하기는 한다. 평소 무작정 노는 여행이 아니라 그래도 몇 가지 정도는 확실히 깨닫고 가는 여행을 지향하므로, 내가 추구하는 갤러리, 박물관, 도서관은 모조리 다 방문하고 싶다. 하지만 기껏해야 10일 남짓 주어진 시간 안에 그곳들을 다 섭렵하기란 불가능하다. 여행을 일상처럼 하고 싶은 욕심 많은 여행자지만 항상 고뇌한다. 더 많은 곳을 갈 것인가. 아니면 한 곳에서 더 많은 여운을 느낄 것인가.

어린아이들은 시간이 지나면 그곳이 정확히 어떤 명칭을 가진 장소였는지, 어느 위치에 있었는지 대부분 잊어버린다. 장소에 대한 정보보다는 그곳에서 누렸던 추억, 행복감을 훨씬 더 많이 기억하는 것 같다. 실제로 딸아이가 다섯 살 때 독일로 11박 13일의 가족여행을 다녀온 적이 있다. 아이는 베를린 장벽, 유대인 박물관, 브란덴부르크 문, 상수시 궁전 등의 명소가 아니라, 독일에 사는 친척 언니와 어느 식당 앞에서 '무궁화 꽃이 피었습니다' 놀이를 한 것이 가장 기억이 남는다고 했다. 그렇지. 아이들에겐 가족과 친척. 혹은 놀이터에서 잠시 잠깐 만난 친구와의 행복했던 순간이 더 값지고 중요하다.

종종 아이들과 지난 여행 이야기를 나눈다. 앵무새에게 애벌레를 먹이로 주는 체험을 한 적이 있다. 무서웠지만 동시에 매우 신나서 다 함께 소리를 지르며 깔깔댔었다. 먹이통을 제대로 잡고 있질 못해서 애벌레가 하나둘

땅바닥으로 떨어졌고, 벌레들이 땅에서 꿈틀꿈틀 움직이는 모양새가 너무 징그러워 더욱 기겁했다. 하지만 아이들은 그 장소가 싱가포르의 버드 파라다이스였는지, 아니면 인도네시아의 작은 동물원이었는지 기억하지 못했다. 장소에 대한 기억보다는 애벌레를 주는 행위 자체의 즐거움을 더 깊이 인식하고 있기 때문이다. 정확한 정보를 기억하지 못하는 것에 대해 아쉬움이나 미련은 없다. 그저 엄마와의 여행에서 소중한 추억 한 올이라도 떠올려 준다면 그것만으로도 감사할 일이다.

불현듯 세계적인 동화작가 '존 버닝햄John Burningham'의『지각대장 존』이 생각난다. 아이들의 눈에는, 자연물을 관찰하느라 항상 지각하는 '존'처럼 언제 어디서나 무궁무진한 흥밋거리와 관찰 거리가 보이는데, 우리 어른들은 시간 맞춰 학교에 도착할 생각만 한다. 눈앞에 두고도 존재의 이유를 생각해 볼 여유조차 없는 걸까. 이 각박하고 무례한 세상에 아직 물들지 않은 아이들은 다르다. 모든 것이 생소하고 신선하기만 한 이들에게 다채롭고 풍부한 경험은 소중한 선물이다.

둘이서 한참 재미있게 체스를 두고 있는데 게임을 구경하던 현지 꼬마가 우리 아들에게 이렇게 저렇게 말을 옮겨 보라며 훈수를 두었다. 하하하. 세상의 모든 꼬마는 귀엽다. 고만고만한 아이가 참견이라니. 급기야 아이는 우리 아들에게 체스 결투를 신청했다. 말을 어떻게 옮겨야 상대의 말을 잡을 수 있을까? 소년들의 진지한 표정이 사랑스럽다.

의기양양해 보이는 귀여운 호주 소년과 지는 것을 그토록 싫어하는 귀여운 한국 소년의 대결. 엇비슷한 실력인 것 같더니 결국엔 우리 아들이 승리했다. 호주 꼬마는 승패를 깔끔하게 인정하는 듯, 아들에게 악수를 청했다. 아들과 비슷한 나이로 보였던 소년이 어찌나 매너가 좋은지 절로 흐뭇해지는 광경이었다.

친구와 신나게 체스 국가대항전을 치르다가 환희의 하이파이브를 나누고 헤어졌다. 공원을 가로질러 가니 멋진 아리볼디 분수와 함께 세인트 메리 대성당이 나타났다. 나는 건축학도는 아니지만, 익숙하지 않은 스타일의 건축물을 볼 때면 입을 다물지 못한 채 한참을 감상하곤 한다. 세월의 흔적이 켜켜이 쌓인 오래된 건축물을 봐도 그렇고, 현대적 감각이 살아 있는 최신식의 고층 빌딩을 봐도 그렇다. 특별히 의미 있는 행위를 하지 않더라도 그저 이 공간에 내가 있다는 것만으로도 충분히 행복했다. 건축의 미에 압도되어 감상에 젖어 있는 나와는 달리, 우리 아이들은 하이드 파크의 한 모퉁이에서 열심히 줄넘기했다. 훗날, 아이들은 세계적인 건축물인 세인트 메리 대성당과 아리볼디 분수를 봤던 기억보다는 시드니의 어느 멋진 공원에서 하하 호호 웃으며 신나게 줄넘기 했던 추억을 떠올리겠지.

걸어서
시드니 속으로

배럭 박물관은 실제로 영국에서 넘어온 범죄자들의 수감시설이었다가 후에는 병영 막사로 사용되었던 곳이다. 역사적 가치가 충분한 곳이라 유네스코 세계문화유산으로 등재되어 있다. 박물관에는 재소자들이 생활하던 공간, 병영 막사로 사용되던 시기에 군인들이 사용했던 해먹 등이 전시되어 있었다. 해먹에 각자 누워 1800년대의 호주는 어땠을까 상상해 보았다.

그다지 크지 않은 규모에 중요한 엑기스만 모아 놓아 더욱 알찬 박물관이었다. 초등 이하 어린아이들은 전시공간이 조금이라도 넓어지면 쉽사리 집중력이 떨어지기 때문에 아이들의 컨디션을 시시각각으로 살펴야 하는데, 그런 점에서 이곳은 우리에게 안성맞춤이었다.

이 박물관에서는 한국어 오디오 가이드를 통해 알짜배기 역사를 들을 수 있다. 오디오를 빌려주던 직원은 재작년 휴가 때 서울에 방문해 보았다며 우리를 친절히 맞이했다. 오디오 가이드가 사용자의 위치를 자동으로 인식해서, 그 지점을 벗어나면 설명이 정지되고 다음 지점의 내용으로 바로 바뀌어 버리는 게 흠이라면 흠이랄까. 모든 내용을 자세히 듣고 싶다면 자리에 가만히 서서 들어야 한다. 조금이라도 움직이거나 방향을 바꾸면 다른 내용으로 변환되어 버린다. 워낙에 활발한 움직임을 보이는 아들 녀석은 이번엔 오디오가 이상하다며 볼멘소리였다. 아무리 설명해 줘도 오디오가 고장 났단다. 음, 그럼 할 말이 없구나.

기념품 가게에서 딸은 원 카드를 하나 획득했다. 아이들이 실용적으로 가지고 놀 수 있거나 교육적인 기념품 한 개 정도는 사주는 편이다. 어째 호주 와서 원 카드가 계속 늘어나고 있다. 우리에겐 이미 원 카드가 많이 있긴 하지만 소장하고 싶은 예쁜 카드가 정말 많았다.

건물 밖의 조그만 벤치에서 점심으로 싸 온 도시락을 먹었다. 초당 옥수수와 바나나 빵, 블루베리, 복숭아, 토마토, 아보카도를 준비했다. 많이도 싸 왔다. 역사가 깃든 멋진 박물관을 바라보며 간단히 요기하니 그렇게 행복할 수 없었다.

배럭 박물관에서 나와 가까운 뉴사우스웨일스 아트갤러리로 향했다. 보타닉 가든 초입에 위치한 이 갤러리는 구관과 신관으로 나뉘어 있다. 구관에는 웅장하고 멋진 명작들이 많았고, 신관에는 나의 호기심을 자극한 현대미술 작품들이 많았다. 솔직히 말하자면, 미술에는 문외한이라 거의 수박 겉핥기식으로 한번 후루룩 훑어보는 정도다. 성인인 나도 잘 모르는 예술세계를 같은 유전자를 타고난 우리 아이들이라고 이해할 수 있겠는가.

그래도 예술적 사고의 확장을 위해 미술관에는 꾸준히 방문하는 편이다. 그나마 신관에는 영국 이민자들에게 탄압받는 호주 원주민들의 조각상이 있어서 집중하며 봤다. 갤러리보다는 기념품 가게를 더 흥미로워했던 아이들. 딸에게는 고양이 윙 카드를, 아들에게는 색연필을 선물하고 보타닉 가든으로 갔다.

초록색 물감으로 온통 물들어 있는 것 같았던 보타닉 가든이다. 이곳 역시 온종일 있으면 평온한 안식처가 되겠다고 생각했다. 초록이 충만한 풀밭에서 매일 청량한 자연을 만끽할 수 있다면 얼마나 행복할까. 나름 다른 사람들보다 유연한 일정으로 여행한다는 우리지만, 그래도 여행자의 신분을 망각하면 안 된다. 숙소에 들어가서 저녁을 만들어 먹으려면 어서 다시 이동해야 한다.

보타닉 가든에서 오페라 하우스로, 오페라 하우스에서 하버 브리지로 열심히 걸어갔다. 다시 마주한 오페라 하우스는 처음 본 것처럼 어찌나 멋있던지, 맨날 봐도 질리지 않았다. 설계자는 이렇게 부드러운 곡선의 건물을 어떻게 생각해 낸 걸까? 하늘과 땅, 바다 어디에서든 눈에 띄는 오페라 하우스는 명실상부 시드니 제1 랜드마크 맞다!

엄마의
비밀 레시피

    알찬 일정을 마치고 일찌감치 숙소로 돌아와 저녁을 만들어 먹었다. 오늘의 야심찬 저녁은 돼지 앞다리를 메인으로 한 채소 덮밥에 모차렐라 치즈, 샐러드, 요거트, 빵이 되시겠다. 어우, 아무리 저녁이라지만 풍성해도 너무 풍성하다.

    나는 요리에 관심이 없다. 결혼하고 나서도 요리를 따로 배워야겠다는 생각을 단 한 차례도 한 적이 없을 정도로 음식을 창작하는 일에 그다지 흥미가 없었다. 먹는 것을 좋아하는 진정한 미식가지만 누군가에 의해 이미 만들어진 정성 가득한 음식을 먹고 싶을 뿐, 나의 수고와 소중한 시간을 음식 만드는 데 쏟고 싶지 않았다. 아이를 낳기 전까지는 다니던 직장의 구내식당에서 아침, 점심, 저녁을 모두 해결했다.

    그랬던 내가 변했다. 아이를 낳는 순간부터.

    몸과 마음이 건강한 아이로 키우고 싶었다. 그래서 10여 년째 꾸역꾸역 정성스레 요리를 만드는 중이다. 요리에 대한 지식이 없으니 기가 막히게 맛난 음식이나 화려한 집들이용 요리는 언감생심이다. 하지만 요리에 대한 신념 하나는 확실하다. 엄마표 건강 집밥이 요리의 핵심이다.

외식비가 비싼 호주여행에서 아침, 저녁은 거하게 숙소에서 만들어 먹고, 점심은 직접 싼 도시락으로 해결했다. 말이 간단하지, 아침밥을 만들고, 치우고, 점심 도시락까지 준비해야 하는 수고, 종일 관광하고 녹초가 된 몸으로 들어와 저녁밥을 만들어야 하는 번거로움이 당연히 있었다. 하지만 점심 식사를 위해 어떤 식당을 찾아가는 것은 내게 시간적으로나, 경제적으로나 더 부담스러운 과정이었다. 그렇다고 매번 아이들에게 정크 푸드를 먹이고 싶지도 않았다. 검증되지 않은 식당에서 비싼 돈을 지급하고 사서 먹느니, 차라리 그 시간에 벤치에 앉아 쉴지언정 심적 여유를 느끼고 싶었다.

내가 세운 전략은 가히 성공적이었다. 아침을 두둑하게 먹고 출발하니 힘차게 하루를 시작할 수 있었다. 슬슬 허기가 질 때쯤 과일 도시락과 간식을 나눠 먹고, 오후 5시면 숙소로 돌아와 이른 저녁을 아주 맛있게 해 먹었다. 덕분에 아이들은 엄마가 해주는 집밥을 매일매일 챙겨 먹을 수 있었다. 특히 숙소에서 먹는 소고기, 양고기 스테이크는 어찌나 맛이 좋던지. 거기다 비용은 비용대로 철저하게 아꼈으니 일거양득 아닌가.

내 사전에 정량이란 없다. 그까짓 거 대충 눈대중으로 때려 부어 요리한다(진정한 요리 실력자는 바로 나?). 소금, 간장은 한국에서부터 미리 소분해 작은 약병에 담아왔다. 남들한테 내세울 만한 대단한 레시피는 아니다. 아이들의 건강을 위한 다양한 채소를 품은 덮밥 스타일이 내 요리의 비밀 포인트다. 양배추, 양파, 아스파라거스, 브로콜리, 버섯, 토마토 등의 채소를 듬뿍듬뿍 넣었다. 스테이크는 구운 뒤, 적당히 큐브 모양으로 잘랐다. 소고기, 양고기, 닭고기, 돼지고기, 연어 등등으로 그날의 메인 요리를 바꿨다.

그리하여 짜다? 오이, 데친 브로콜리나 물, 밥 등 짠맛을 중화시킬 수 있는 부가적인 재료를 투하한다. 그리하여 싱겁다? 싱겁게 먹는 것은 몸에 좋으니 참고 먹는다.

주변에 널려 있던 콜스, 울월스, 알디, 해리스 팜 같은 대형 슈퍼마켓을 구경하는 재미도 쏠쏠해서 오히려 '오늘은 어느 식료품점에서 장을 볼까?', '무슨 음식을 만들어 먹을까?', '어떤 재료를 사 볼까?' 기대에 찬 상상을 했을 정도다.

호주 대형 슈퍼마켓에는 셀프계산대가 있다. 우리 아이들은 품목마다 붙어 있는 바코드를 스캔하고, 직접 채소를 선택해 무게 재는 일을 굉장히 즐거워했다. 우리 모두가 행복했던 장보기였다.

24일간의 호주여행에서 우리 셋이 한 외식은 단 여섯 번이었다. 덕분에 경비를 많이 절약했고 잔병치레 없이 더욱더 건강한 여행을 할 수 있었다.

Summer의 호주여행 사용설명서

콜스^{Coles}, 울월스^{Wholeworth}, 알디^{ALDI}, 해리스 팜^{Harris Farm}

대형 마트들이 여기저기 많이 분포하고 있어서 장을 볼 때 매우 편리했다.

호주는 인건비가 비싸 외식비가 어마어마하다. 처음에 걱정했던 것이 바로 고물가였다. 하지만 식자재 물가는 그리 비싸지 않았다. 특히 소고기, 양고기, 돼지고기, 닭고기는 우리나라보다 훨씬 저렴해서 매일매일 신선한 고기들을 마음껏 먹을 수 있었다. 매 끼니를 숙소에서 거의 해 먹었던 나는 직접 손질한 해산물이 있는 해리스 팜이 가장 마음에 들었다.

우리나라에서는 3,000~4,000원 대로 비싼 브로콜리가 개당 1,000원 이만이었으니 말 다 했다. 블랙베리, 라즈베리, 커다란 아보카도, 점보 키위, 점보 블루베리 등 우리나라에서 쉽게 접할 수 없는 과일이 많아 행복한 고민을 하며 고를 수 있다. 게다가 맛은 또 얼마나 훌륭한지, 먹기 위해 호주를 다시 간다는 말이 나올 정도다.

비 오는 날의
타롱가 주

이름이 특이한 타롱가 주. 호주를 여행하다 보면 영어는 분명 아닌 것 같고 발음이 어색한 말들이 꽤나 보인다. 바로 원주민 어에서 유래된 명칭이다. 원주민 어를 많은 명소에 사용함으로써 예우를 갖추고자 하는 노력이 엿보인다. '타롱가'라는 말은 '아름다운 경치'를 뜻한다. 희귀한 호주 동물을 구경하면서 덤으로 시드니의 아름다운 스카이라인까지 감상할 수 있어서 인기가 많다.

오전 9시 30분 입장권을 미리 구매해 놓았다. 과연 제시간에 갈 수 있을까? 아이들을 깨워 후다닥 아침을 먹고, 허겁지겁 출발했다. 뭉그적대는 아들 때문에 8시 50분이 되어서야 버스에 탈 수 있었다. 모두 동물원에 가는 모양인지 만석이었다.

가까스로 도착한 시간은 9시 50분. 조마조마했다. 예약한 시간이 지났다고 입장을 거부당하면 어쩌지? 걱정 한 보따리였는데 다행히 통과다.

이곳은 브리즈번의 론파인 코알라 생츄어리와 분위기가 완전 다르다. '론파인 코알라 생츄어리'는 코알라와 캥거루에 중점을 둔 동물원이지만, '타롱가 주'는 여러 동물이 모여 있는 종합 동물원이다. 코알라와 캥거루 개체 수가 론파인보다 현저히 적은 대신 관람할 수 있는 동물 종류가 아주 많다.

가장 인상 깊게 본 동물은 기린이었다. 보통의 동물원과는 달리, 관람석이 훨씬 높은 곳에 있어 바로 눈앞에서 관찰할 수 있었다. 기린을 본 적은 많아도 기린 얼굴을 눈높이에서 본 적은 없기에 굉장히 신이 났다. 기린의 혓바닥 색깔은? 붉은색이 아니다. 회색빛이 약간 들어간 보라색이다. 기린이 가까이 오서 혀를 날름 하고 사료를 먹는 모습도 재미있었다.

동물원에 도착하고 나서도 지도 한 장 보지 않은 나는 J에서 점점 P가 되어 가는 중이다. 하지만 때때로 사전정보 없이 무작정 돌아다니다가 '물개 쇼'라도 얻어 걸린다면, 알고 갔을 때보다 100배 이상의 환희를 느낄 수 있다. 오늘이 바로 그런 경우였다.

쇼를 시작한다는 소식을 우연히 듣고 운 좋게 세 번째 자리에 앉았다. 깊은 물속에서 높이 점프해 역동적인 공연을 펼치는 물개 쇼는 우리 모두에게 신선한 충격이었다. 참고로, 맨 앞자리에 앉으면 전율을 제대로 즐길 수 있다. 이유인즉슨, 물개들이 선사하는 물벼락을 와장창 맞을 기회를 얻을 수 있기 때문이다.

다른 동물들을 보기 위해 동물원을 순회하는 동안 비가 추적추적 내리기 시작했다. 우리 모두 모자를 쓰고 우산 하나로 대충 비를 피해 돌아다녔다. '미라 긴즈버그^{Mira Ginsburg}'의 『Mushroom in the rain』에 나오는 버섯처럼, 내 작은 우산이 비를 맞고 점점 커진다면? 그러면 다 같이 우산을 같이 쓸 수 있을 텐데. 생각만 해도 재밌다. 점점 거세지는 빗줄기에 말도 안 되는 상상을 해가며 동물원 구석구석을 누볐다.

　　비 오는 날의 동물원 탐험은 나름 재미있는 경험이었다.

주말에는
페리를 타자!

시드니에는 교통요금 상한제가 있다. 이것을 최대한 활용해 보기로 했다. 그렇다면 비싼 페리는 주말에 많이 타야지 이득이다.

토요일 새벽, 처음으로 산책에 나섰다. 브리즈번에서는 숙소가 중심지에 있어 거의 머일 안전하게 아침 산책을 즐겼었는데 시드니에서는 아무래도 중심지에서 떨어진 숙소에 묵다 보니 소홀했던 것 같다.

그래도 용기 내서 출발해 보자! 새벽 6시 30분의 노스시드니 역. 다음 주에 있을 포트 스테판 투어 때 일찍 트레인을 탈 요량으로 몇 시부터 운행하는지 물어봤다. 지하철 개찰구를 지키고 있던 직원이 말하기를, 본인이 새벽 4시 30분에 출근하니 적어도 그때부터는 운행한단다. 우리 아이들만 잘 일어나 준다면 대중교통으로 집결지까지 시간 안에 갈 수 있겠다.

타운홀 역 주변에는 노숙자가 상당히 많았지만 다들 신경 쓰지 않고 다니는 느낌이다. 이른 아침, 매우 한산한 분위기에서 시청, 달링하버, 텀바롱 놀이터, 해양박물관 주변을 거닐었다. 낮 동안 사람들로 북적였던 거리

가 아침에는 이렇게 거짓말처럼 조용하다니 또 색다르다.

드디어 처음으로 페리에 올라탔다. 피어몬트 베이Pyrmont Bay에서 써큘러키로, 다시 그곳에서 밀슨스 포인트로 이동해 보았다. 와, 바닷바람을 가르며 달리는 페리의 느낌이 아주 좋다. 짧은 거리였지만 기분은 최고조였다. 바다랑 더 가까워서 그런지 브리즈번의 물결보다 더 센 느낌이고 바람도 훨씬 강했다.

밀슨스 포인트 페리 선착장 바로 앞에는 루나 파크가 있었다. 익살스러운 광대의 입이 바로 입구다. 굉장히 기이하고 독특한 모양새다. 입구 벽에는 이 조형물의 변천사 사진이 시대별로 나열되어 있었다. 어떤 아기들은 이 독특한 입구만 봐도 운다고 하던데 예전에는 더 무서운 표정이었네.

페리를 타고 로즈 베이와 왓슨스 베이를 가보기로 했다. 하지만 시작부터 일정에 차질이 생겼다. 로즈 베이 페리 터미널에 내리자마자 생각지도 못한 커다란 놀이터가 나타난 것이다. 메인이 이 놀이터였다고 해도 과언이 아닐 만큼 서너 시간을 재미있게 놀았다. 아들은 실컷 놀고 나서도 미련이 남았는지 이따 또 오자고 성화였다.

로즈 베이는 여태껏 봐 왔던 해변이 아니었다. 해변 입구에는 목줄 없이 애완동물을 데리고 들어갈 수 있다는 표지판이 세워져 있었다. 현지인들이 크고 작은 다양한 종류의 개를 데리고 와 주말을 즐기고 있었다. 강아지들의 천국이었다. 주인이 바다를 향해 공을 던지면 애완견은 그것을 잡으러 쏜살같이 바다로 들어가 찾아오기를 반복했다. 구경하며 옆에 서 있다가 애완견들의 장난에 물보라를 맞기도 했지만, 그마저도 소소한 행복이었다. 아이들은 물에 들어가 첨벙첨벙 물장구치며 즐거운 시간을 보냈다. 로즈 베이에서의 추억은 진정 시드니인의 일상에 함께 스며들었던 순간이 아닐까 싶다.

다시 페리를 타고 왓슨스 베이로 향했다. 바람이 너무 거세서 하마터면 날아갈 뻔했다. 시드니 사람들은 참 좋겠다. 페리를 타고 조금만 나가도 이렇게 멋진 해변이 나타나니 시간이 날 때마다 어느 해변에서 여유를 즐길지 골라보는 재미가 있을 것이다. 잔잔한 왓슨스 베이 위쪽으로 언덕을 걸어 올라가니 이번엔 엄청난 장관이 나타났다. 사람들이 아름답다고 그토록 칭찬하던 갭 파크가 바로 이곳에 있었다. 시드니에 이런 장소가 있었다니.

　예전에 남편과 단둘이 간 하와이의 빅 아일랜드가 떠올랐다. 워낙에 섬이 커서 렌트한 차량으로 멀리 이동해 해변을 구경했던 경험이 있다. 차를 타고 멀리멀리 가야만 볼 수 있을 것 같은 광활한 바다를, 페리를 타고 쉽게 와서 감상하다니 부럽다. 위쪽으로 더 걸어 올라가 망원경으로 끝없이 이어진 수평선을 관찰했다. 진 푸른 망망대해를 보니 내 안의 근심들이 '펑' 하고 순식간에 빠져나가는 기분이었다. 자연은 위대하고 거룩하다는 사실을 실감했다.

　돌아가는 길에 다시 로즈 베이에 들러 놀이터에서 실컷 놀고 간 것은 비밀이다.

방학여행 호주

'엄마'라는 위치에서
잠시만 안녕

　어제 혼자 했던 아침 산책이 계속 생각났다. 아무런 말도 하지 않고 입 꾹 다문 채, 힐링 타임을 조용히 즐기고 싶었다. 물론 사랑스러운 아이들과 도란도란 이야기 나누며 여행하는 것 또한 무척 행복한 일이지만, 아주 가끔은 나만의 고요한 시간을 갈망한다.

　다음 주에 있을 투어의 집결지인 씨 라이프 수족관Sea Life Aquarium까지 이동을 미리 연습해 보겠다는 빌미로 새벽 6시에 외출을 감행했다. 어둠을 헤치고 타운홀 역으로 갔다. 거리에는 한두 명의 사람밖에 없어서 약간 무서운 분위기가 감돌았다. 그렇다고 칠흑 같은 어두움은 아니었던지라 이 정도면 아이들과도 별 무리 없이 갈 수 있겠다는 생각이 들었다. 물론 아이들이 예정된 시간에 잘 일어나 준다면 말이다.

　집결시간인 6시 50분보다 20분이나 일찍 도착했다. 오늘 투어를 준비하던 한인 여행사의 가이드는 이 새벽에 사전답사 오는 여행객은 처음 봤다며 아이들을 위한 망고 젤리 두 개를 내게 쥐여 주었다.

수족관으로부터 쭉 따라 올라가 바랑가루 보호구역, 천문대, 록스까지 거닐었다. 새벽 6시 30분 이후로는 조깅하는 사람들이 꽤 있어서 전혀 무섭지 않았다. 이제 호텔로 돌아갈까, 아니면 조금 더 나만의 자유 시간을 즐겨볼까.

후자를 택했다. 즉흥적으로 페리를 타고 주변의 풍경을 감상했다. 써큘러키 역에서 출발하는 페리 안에서 어느 호주인 부부를 만났다. 이들은 휴가를 즐기기 위해 페리를 타고 가는 중이라고 했다. 화려한 도시에서 한적한 곳으로 소박한 휴가를 떠나는 그들의 모습을 보니 부러운 생각이 많이 들었다. 나도 남편과 함께 국내든 해외든 소소하게 돌아다녀 보는 게 꿈이다. 내 꿈은 과연 이루어질까? 사이좋은 중년의 부부에게 여러 장의 사진을 찍어주었다.

시드니의 일요일을 감상했다. 이름 모를 공원에서는 행사가 있는지 여러 가족들이 모여 있었다. 바다를 바라보고 있는 집들도 멀리서나마 관찰할 수 있었다. 눈을 뜨면 항상 바다를 볼 수 있다는 것. 얼마나 로망 가득한 삶일까? 하지만 나에게 이토록 아름다운 바다가 이들에게는 일상의 한 부분일 수도 있다. 이렇게 여행 와서 실컷 감탄하는 게 더 기쁨 가득한 일일지도 모른다.

문득 베트남 호찌민에서 수상 버스를 타고 '탄다 섬'에 갔던 일이 생각났다. 기온과 날씨, 혼잡도는 확연히 달랐지만 어쩐지 호찌민에서 보았던 현지인 일상이 오버랩 되었다. 페리는 점점 종점인 올림픽 파크 역까지 다가가고 있었고, 배에 있던 승객도 점점 줄어들어 나중엔 나와 어떤 아저씨 한 명만 남았을 뿐이다. 페리 직원은 내가 있던 2층에 수시로 올라와 어디에서 하선할 건지 확인했다.

"사실은 내 목적지를 아직 정하지 않았답니다. 그저 시드니의 풍경을 즐기고 싶어서요."

얼토당토않은 대답이 아마 그를 매우 당황스럽게 만들었을 것이다. 이제 그만 내려도 될 것 같아 1층으로 내려가려던 찰나, 페리 직원과 다시 마주쳤다. 그는 종점에 다다랐으니 하선해야 한다고 내게 알려주러 올라오던 중이었다.

올림픽 파크 역에 내려 버스를 타고 아쿠아틱 센터^{Aquatic Center}로 가봤다. 일요일 오전, 그곳은 수영하러 온 가족들로 북적였다. 매해 올림픽에서 최고의 성적을 거두고 있는 수영 강국 호주답다. 저마다 수영용품을 지니고 힘차게 걸어가고 있는 어린이들을 보자니 그제야 우리 아이들 생각이 퍼뜩 들었다. 지금쯤이면 일어나고도 남았을 시간인데? 어서 출발해야겠다. 이번에는 트레인을 타고 가야지.

올림픽 파크는 시드니 시티에서 꽤 많이 떨어져 있는 곳이다. 초행길이라 중간에서 헤매느라고 시간이 더욱 지체되었다. 돌아와 보니 아이들이 캔버라에서 구입한 퍼즐을 맞추고 있었다. 시드니에 도착하자마자 조금씩 하더니 드디어 오늘 다 완성이다. 기특하도다!

아이들이 걱정되지 않았던 건 아니지만, 그래도 24시간 내내 붙어 있는 처지라 잠시 잠깐이라도 엄마의 위치에서 해방되고 싶었다. 나만의 시간이 간절히 필요했다. 이렇게 엄마들도 어떤 방식으로든 충전을 해야 아이들을 더욱 잘 보살필 수 있다는 사실!

비가 쏟아져도
놀이터는 못 참지

세계 어느 도서관을 가든 그곳에서 책을 읽어보고 공부해 보는 시간을 갖는 편이다. 맨날 다니는 동네 도서관이 아닌, 다른 나라의 도서관에서 책을 읽는 것은 좀 더 신선한 영감을 준다. 시간이 많았다면 더 머물렀을 주립 도서관이다. 마감 시간을 1시간 남겨두고 방문했던 탓에 도서관 내부를 스쳐 지나가듯 관람한 것이 참 아쉽다.

기왕 이렇게 된 거 한구석이라도 충실히 감상하고 가기 위해 들른 어느 작가의 공간에는 시드니 여러 명소를 캔버스에 스케치해 놓은 작품들이 있었다. 오페라 하우스, 본다이 비치, 루나 파크, 하버 브리지 등 시드니를 상징하는 여러 장소를 그려놓은 작품들을 보여 아이들과 '우리 여기 가봤지!' 하며 숨은그림찾기 놀이를 했다.

주립 도서관의 폐관시간에 맞춰 나왔다.

"며칠 전 하이드 파크에서 주립 미술관으로 갈 때 지나갔던 거리네!"

무심코, 아이들의 기억을 상기시켜 주려 했다. 그 말을 듣더니 아들이 엊

그제 재미있게 했던 체스가 떠올랐나 보다. 체스를 하러 하이드 파크에 가야겠단다. 하아. 한숨이 나오면서도 나란 인간은 어쩔 수 없는 엄마다.

'로라 누메로프Laura Numeroff'의 『If you give a mouse a cookie』에서는 소년이 생쥐에게 쿠키 하나를 주었을 뿐인데, 생쥐가 꼬리에 꼬리를 무는 부탁을 하며 여러 사건(?)을 벌인다. 결론은? 돌고 돌아 쿠키를 연상한 생쥐가 소년에게 쿠키를 달라고 부탁하는 것으로 끝난다. 어지럽혀진 집 안에서 소년이 지쳐 졸고 있는 마지막 장면이 참 인상적이었다. 생쥐의 마음속이 우리네 아이들과 어쩜 이리 비슷할까 생각해 본다. 끊임없이 반복되는 요구를 들어주다 보면 지치지만, 아이의 순박한 요청에 피식 웃음 나오는 삶이 모든 엄마의 일상 아닐까.

오후 5시 조금 넘어 도착한 하이드 파크의 체스판에는 말들이 다 정리되고 없었다. 공원의 관리를 위해 체스도 다 치우는구나. 어쩔 수 없지 (속으론 후후, 다행이라고 생각했다).

아쉬움을 뒤로 하고 텀바롱 놀이터로 향했다. 한번 발을 들이면 못 빠져나온다는 곳. 아이가 있는 집이라면 수도 없이 방문하게 된다는 곳. 아이를 잃지 않게 조심해야 한다는 곳. 나는 가기도 전부터 겁에 질렸다. 어휴, 사람 많은 곳은 딱 질색인데 아이들이 좋아하는 장소라니 그래도 한번은 가봐야. 거의 의무 수행하는 기분으로 방문하게 된 곳이다.

늦은 시각임에도 놀이터는 수많은 아이로 북적였다. 도착하자마자 아이들이 홍해가 갈라지듯 금세 어디론가 달려가 버렸다. 순간 눈앞에서 놓쳤다. 이 북새통 속에서 우리 애들을 어떻게 찾는담.

규모가 큰 텀바롱 놀이터에는 여러 놀이시설이 있었다. 조심스러운 마음으로 한참을 찾아보았지만 아이들은 보이지 않았다. 아마 둘이 흩어져 각자 다른 곳에서 노는 것 같았다. 이곳저곳을 샅샅이 살피며 찾아 헤매던 중, 갑자기 비가 내리기 시작했다. 그냥 맞고 있기에는 상당히 많이 쏟아지는 비였다. 비로 인해 인파가 서서히 하나둘씩 빠지고 그제야 놀이터가 휑해졌다. 아, 드디어 찾았다!

아휴, 사람 북적이는 곳에서는 아이를 잃어버리지 않게 단단히 조심해야겠다는 생각이 들었다. 이곳이 놀이터였기에 망정이지, 다른 장소였다면 아마 못 찾지 않았을까 싶다.

　거미줄같이 생긴 밧줄을 타고 꼭대기까지 수도 없이 오르락내리락하는 아이들. 동심이란 이런 거구나. 올라갈 생각은 추호도 없지만, 만약 올라갔더라도 한 번이면 만족했을 것 같은 저 커다란 밧줄에 서로 경쟁하듯 올라갔다. 미끄러질까 봐 속으로 정말 조마조마했다.

　이번엔 그네 타기다. 밧줄로 길게 연결된 거대한 그네라서 어른 한 명이 밀어줘야 한다. 등에 배낭을 달랑달랑 멘 채로 있는 힘껏 밀어주었다. 갑자기 쏟아진 비로 사람들이 다 빠진 덕분에 거대한 그네에서 오랜 시간 동안 놀 수 있었다. 사람이 많았던 상황 같으면 한 번 타고 그다음 사람을 위해 내려야 했을 인기 놀이기구다. 아이들은 까르르 까르르 신이 났다. 순진무구한 아이들의 웃음소리가 비 오는 놀이터에 울려 퍼졌다.

　여기서 허기도 잊은 채 장장 3시간을 놀았다. 비는 계속 쏟아졌지만, 아랑곳하지 않았다. 그래, 지민아, 선우야. 그렇게 열심히 놀자. 그 기운을 가지고 앞으로 주어질 모든 삶에 충실히 임하자.

원시림에서의
일몰

시드니에서는 어떤 명소를 보고 서둘러 다른 곳도 봐야겠다는 생각이 강렬하게 든다. 그만큼 가봐야 할 곳이 많기 때문이겠지? 정말 가고 싶은데 안 갈 수도 없는 노릇이고, 참 행복한 갈등이다. 내 성격상 한 곳에서 오랫동안 그곳을 충분히 음미해야 하는데 시간이 없는 관계로 '일단 찍고 보자!'라는 생각이 강하게 들었던 도시가 바로 시드니다. 주립 도서관, 뉴사우스웨일스 아트갤러리, 왕립 보타닉 가든, 그리고 바로 시드니 대학교가 그랬다.

평일의 시드니 대학교에는 학생들도 많았고 관광객, 특히 한국인 가족 관광객이 많았다. 역시 부모의 마음이란. 아이들이게 '꿈을 이루기 위해 열심히 노력하거라~'를 조금이나마 심어주고 싶은 마음은 다 똑같다.

상부상조의 민족인 한국인들은 서로 사진 찍어주기 품앗이를 했다. 너도 나도 작은 화합의 장이 되었던 시간이었다. 어떤 분이 오셔서 찍어주시기도 하고, 내가 먼저 다가가서 찍어드리기도 했다. 모두 자녀를 데리고 온, 나와 엇비슷한 또래의 한국인 가족 관광객이었다. 해리포터 성에 온 것 같

기도 하고, 중세 시대로 되돌아간 것 같기도 했던 멋진 시드니 대학교에서
의 행복한 사진 인증 시간이었다.

나는 해외에서는 운전할 자신이 없는 뚜벅이 여행자다. 그래서 일찌감치
블루마운틴 데이 투어를 예약해 두었다. 아들에게

"산이 푸른빛을 띤대~ 그래서 이름이 블루마운틴이래~"

라고 설명해 주었더니 대단한 관심을 보이며 얼른 가고 싶어 했다. 실제
로 블루마운틴은 유칼립투스 나무의 알코올 성분으로 인해 푸르게 보인다
고 한다. 오늘도 예정시간보다 50분이나 일찍 도착했다. 아이가 둘이나 딸

려서 혹시라도 늦으면 다른 분들에게 엄청난 민폐가 될 수 있어 걱정이 태산이었는데 참 다행이었다.

한국인으로만 구성된 오늘의 여행팀은 우리까지 모두 세 가족, 열한 명이었다. 역시 근면 성실의 민족이다. 단 한 팀도 지각하지 않았다.

작은 벤을 타고 오손도손 블루마운틴으로 가는 길이다. 호주에서의 데이투어 패키지는 처음이었지만, 결론부터 말하자면 정말 만족스러웠다. 가이드님은 호주에서 20년 이상 살고 계신 분으로 생업을 위해 가이드를 하지는 않고, 보통은 양털공장에서 매니저 일을 보다가 가끔 아르바이트로 일하신다고 했다. 그래서 그런지 본인도 역시 투어를 즐기는 듯 보였고 호주에 대한 설명도 아주 열심히 해 주셨다.

단, 한 가지 복병이 있었으니 바로 우리 아들 녀석이다. 초등학교 1학년답게 엉뚱한 질문을 해대는 탓에 가이드분이 중간에 웃으면서 이런 말을 하셨다.

"나 너랑 얼마 안 있었는데 한 3박 4일 있었던 것 같아~"

우리 아들의 끝없는 질문 공세에 진땀이 났다. 엄마인 내가 적절한 지점에서 진정시켜줘야겠는데 그 타이밍을 못 찾겠다. 나는 워낙 이 녀석의 엉뚱함에 단련된 사람이라 괜찮지만, 오늘 처음 만난 가이드님과 손님들은 당황스러웠을 것 같기도 하다. 다행히 녀석은 출발한 지 몇 분 지나지 않아 잠이 들었다.

　블랙핑크의 제니가 다녀가서 더더욱 유명해진 링컨스락에 도착했다. 우리 딸을 처음 낳았을 때 이름을 '제니'라고 하고 싶었다. 그때 남편이 영어 이름인데다 너무 올드한 느낌이라 별로인 것 같다고 해서 무산되었다. 아니, 세계화 시대에 영어 이름이 별로라는 게 말이 돼? 그리고 지금 그 이름이 이렇게 핫 해질지 누가 알았냐고.

　몇 센티미터만 더 가도 낭떠러지로 떨어져 버릴 것만 같은 유명한 포토 스팟에 도착했다. 가이드님은 엄마인 내가 가장 낭떠러지 쪽에 앉고 아이들이 안쪽에 앉도록 자리를 잡아주었다. 그러자 우리 아들이 본인도 바깥쪽에 앉고 싶단다. 너의 도전정신은 참 위대하다만 잘못했다가는 저세상 사람이 될 수도 있어. 사실은 엄마도 지금 오금이 저린다!

　근처 로라 마을에서 잠깐의 요기를 하고 세 자매 봉에 도착했다. 예전에 어떤 왕이 고물로부터 아리따운 세 명의 딸을 지키기 위해 마법을 써서 잠시 돌로 변하게 했다고 한다. 무사히 괴물을 물리치고 다시 딸들을 본래의 모습으로 되돌리려 했지만, 마법 봉을 블루마운틴의 원시림 속에 잃어버려 세 딸은 영원히 돌이 되었다는 슬픈 전설이 전해진다. 예전의 패키지여행 때도 이 내용을 들었던 것이 어렴풋이 떠올랐다. 그래도 희미하게나마 기억나는 걸 보면 그때도 세 자매 봉이 임팩트 있긴 있었나 보다.

　오후 5시 30분에 카툼바 역 주변에서 이른 저녁을 먹기로 했다. 작년에 베트남에서 행복한 식도락 여행을 하고 왔기에, 주저하지 않고 베트남 쌀국숫집을 택했다. 가이드님도 이 식당으로 오신 걸 보니 맛집인가 보다. 은근히 기대되었다. 가격은 호주 달러 19AUD로 베트남의 10배였다. 베트남에서 1,700원 주고 사 먹던 쌀국수를 17,000원 주고 사 먹자니 씁쓸했지만, 베트남이 그리워서 쌀국수와 분짜[7]를 시켰다. 하지만 아쉽게도 기대했던 쌀국수는 나를 진심으로 실망하게 했다. 당연히 베트남인이라고 생각했던 사장님도 알고 보니 태국인이라고….

　7　쌀국수와 돼지고기 구이가 어우러진 베트남 음식

맛없는 저녁을 먹고 나서 일몰을 보기 위해 우리 팀만의 비밀 장소로 이동했다. 산의 봉우리는 뾰족할 것이라는 고정관념을 한 번에 깨뜨린 블루마운틴의 평평한 정상이 끝없이 눈앞에 펼쳐졌다. 주변은 쥐 죽은 듯이 고요했다. 팀원 모두 각자 조용히 일몰을 즐겼다. 점점 여행의 막바지로 가고 있구나. 잔병치레 하나 없이, 크고 작은 사고 없이 지금까지 온 게 감사했다.

현지 데이 투어를 할 때는 어떤 팀원을 만나느냐 역시 참 중요하다. 아주 좋았던 가이드님과 우리 팀원들. 항상 행복하시고 호주에서나 한국에서나 건강하게 잘 사시길 바라본다.

기가 차게 멋진 일몰을 볼 수 있었으나 시간이 지나자 점점 많은 구름이 몰려왔다. 그래서 블루마운틴에서의 별 보기 일정은 시드니 야경 투어로 대체되었다. 오후 9시가 넘은 늦은 시각에 어린아이들을 데리고 외진 곳으로 가는 건 꿈도 못 꿀 일이다. 실제로 맥쿼리 부인 의자 지점은 좋은 관광 포인트긴 하지만 밤이 되면 위험하다고 한다. 비록 대체 일정이었지만 안전하게 야경까지 덤으로 감상할 수 있음에 감사했다. 한밤에 오페라 하우스와 하버 브리지를 보고 있자니 눈물겹도록 감격스러웠다. 머릿속에 꾹꾹 눌러 담아야지. 그곳에서의 감동과 추억. 어느 하나라도 놓치고 싶지 않다.

하늘에서 보는
시드니

시티로 향하는 트레인에서 퀴즈를 냈다.

"어느 쪽에서 오페라 하우스가 보일까?"

"나는 오른쪽!"

"나는 왼쪽!"

우리는 정방향에 앉아 가고 있었으니 답은 당연히 왼쪽이다. 아들은 누나에게 지거나 본인이 틀렸을 때, 깔끔하게 인정하지 않는 버릇이 있어 나 또한 아들이 제발 맞춰주기를 바라는 습관이 생겨버렸을 정도다. 아, 어떡하지? 아들이 틀려버렸네? 예상대로 아들은 기차 안에서 항상 자기만 틀린다며 서럽게 울었다. 틀렸다는 사실 자체보다도 평생 라이벌(본인 생각에만)인 누나에게 항상 지는 것이 못내 못마땅한 아들이다.

오늘은 '시드니 타워 아이'에 방문해 우리가 여태껏 보고 즐겼던 여러 명소를 하늘에서 관찰할 예정이다. 전망대에 올라가기 전 VR 체험을 시켜 주니 아들의 기분이 금세 좋아졌다. 휴, 그래도 서운한 걸 금방 잊는 성격이라 다행이다.

특히 아이들과 함께하는 여행에서는 전망대에 방문하려 한다. 거창한 의도는 아니지만, 우리가 갔었던 곳, 앞으로 가 볼 곳을 하늘 위에서 보면 여행지에서의 추억을 되살림과 동시에, 세계를 무대로 하는 공간지각 감각이 좀 생기지 않을까 하는 은근한 기대가 있어서다. 이 전망대는 우리가 방문했던 골드코스트의 스카이 포인트 전망대 빌딩에 이어 호주에서 두 번째로 높은 건물이라고 한다.

시드니 전경이 360도 파노라마로 펼쳐졌다. 하버 브리지, 오페라 하우스를 봤을 때도 가슴이 뻥 뚫리는 느낌이었는데 이곳에 올라오니 와, 할 말을 잃었다. 용기 있는 독주회를 선보였던 QVB, 아이들이 참 좋아했던 타롱가 주, 우리의 숙소가 있는 노스시드니, 현지 아이와 체스 경합을 벌였던 하이드 파크, 달링하버, 로즈 베이와 왓슨스 베이, 갭 파크 등 각 장소가 눈에 띌 때마다 그곳에서 경험했던 에피소드들이 하나둘씩 떠올랐다. QVB에서 아이들이 각자의 연주곡을 멋지게 해냈을 때, 엄마로서 참 뿌듯했었지. 비가 오는 타롱가 주에서 쫄딱 젖은 생쥐 꼴이 되었어도 신나게 동물들을 구경하고 다녔지. 로즈 베이 놀이터에서는 둘이서 한참을 철봉에 매달려 곡예사처럼 빙글빙글 돌았지. 갭 파크에서의 풍경은 남편과 함께 했던 하와이 빅 아일랜드의 추억을 떠올리게 했었지.

일부러 시드니 여행의 후반부에 전망대 일정을 잡았다. 가 본 곳을 감상하는 것과 가 보지 못한 곳을 감상하는 것의 차이는 실로 어마어마하다. 우리가 알게 된 장소들을 톺아보며 추억을 회상했다.

역시 아이들이란. 여태까지 간 곳을 꼼꼼히 찾아보는가 싶더니, 곧장 본인들만의 놀이 세계로 빠져든다. 서로 마주 앉아 두 손을 맞잡고 발바닥을 위로 맞대어 중심을 잡는 중이다. 균형 동작으로 하나가 된 아이들은 웃느라고 정신없다. 저리 즐거울 수가 있을까. 열 살 언저리의 아이들만이 느낄 수 있는 행복이다.

하이드 파크에 다시 갔다. 체스를 두기 위해서다. 벌써 세 번째 방문이다. 한번 빠지면 질릴 때까지 하고 또 하는 습관은 진정 나를 닮았다. 역시 피는 못 속인다.

오늘은 어르신들이 체스 삼매경 중이었다. 그들은 하이드 파크에서의 체스가 일상인 듯 보였다. 자리를 잡고 앉아 2시간을 기다렸을까. 아이들은 하염없이 기다리다가 나의 재촉으로 할아버지에게 본인들도 체스 경기를 하고 싶다고 부탁했다. 이후 꽤 오랜 시간 뒤에 드디어 할아버지 한 분과 우리 아이들 두 명이 체스 경기를 치르게 되었다. 나름 체스에 자신 있는 아이들인지라 승부가 쉽사리 나질 않았다. 경기가 길어지자 할아버지가 갑자기 말도 안 되는 수를 두고선 자기가 졌단다. 흠. 기세등등한 어린 녀석들과 경기를 하다 보니 급격하게 체력 저하가 온 것일까? 아무리 봐도 빨리 끝내고 본인들만의 경기를 하려는 속셈이 분명해 보였다.

양보와 배려에 관한
불쾌한 경험

새벽 5시에 기상해 포트 스테판 투어에서 먹을 점심과 간식을 준비했다. 그러곤 서둘러 아이들을 깨워 출발했다. 역에서 하차 후, 집결 장소까지 셋이서 손에 손을 잡고 힘차게 걸어갔다. 다행히 일찍 도착했다. 며칠 전 시뮬레이션을 철저하게 해 둔 덕분에, 전혀 헤매지 않고 잘 왔다.

지각으로 어쩔 수 없이 빠진 네 명을 제외하고 총 49명이 버스에 탔다. 대체 휴일로 인해 매우 많은 한국 관광객이 시드니로 들어왔다고 했다. 3일 전 답사 왔을 때는 조그만 버스였는데 오늘은 엄청나게 큰 대형버스다. 3일 전과 후의 투어 관광객 수가 이렇게 차이나다니.

3시간 30분 만에 도착한 넬슨 베이^{Nelson Bay}. 이곳에서는 약 150여 마리의 돌고래들이 서식한다고 한다. 아이들은 물 만난 물고기처럼 아주 많이 신났다. 푸른 바다 속에서 시시때때로 얼굴을 내비쳐 주는 돌고래 가족 찾기도 재미있었다.

돌고래 와칭 후, 하선해서 남들이 점심을 먹으러 가는 동안 우리 아이들은 근처의 놀이터에서 놀았다. 처음에 출발하는 크루즈 안에서 도시락을 먹인 게 신의 한 수였다. 새벽에 일어나 헐레벌떡 오느라 셋 다 아침밥을 굶은 상태였는데 기가 막힌 타이밍으로 아침과 점심을 해결했다.

하지만 아들은 이곳 놀이터에 또다시 이마트 표 모자를 놓고 오고 말았다. 이미 버스에 타고나서야 알았기 때문에 다시 찾으러 갈 수도 없었다. 캔버라의 안작 퍼레이드에서 한번 잃어버렸었던 이 모자는 결국은 영영 헤어질 운명이었나 보다.

대망의 모래사막 썰매 타기. 우리 가족이 가장 기대했던 일정이다. 하지만 기대는 언제나 현실과 다른 법. 고무로 된 썰매가 상당히 무거워서 내가 세 개를 한꺼번에 들고 사막언덕에 올라가야 하는 것에 놀랐고, 썰매가 생각보다 스릴 있게 미끄러져서 두 번 놀랐다. 먼저 다녀온 사람들의 후기에는 세 번 타고 힘들어서 못 탔다는 이야기가 많았는데, 그 말이 정말 공감되었다. 스릴 있는 건 둘째 치고 썰매가 너무 무거웠다. 거기다가 오늘 날씨는 그야말로 햇볕이 직사광으로 내리쬐는 쨍쨍-한 날이어서 일사병에 걸리기 일보 직전이었다. 썰매를 탄 건지, 썰매를 옮긴 건지 모르겠고 땀을 한 바가지 흘린 기억밖에 없다.

거짓말 안 하고 딱 세 번 탔더니 썰매고 뭐고 다 집어치우고 싶은 심정이었다. 사람만 적었어도 이 정도까지 짜증이 나진 않았을 텐데, 한정된 구역에 사람들은 족히 500명 이상이었다. 몇 명을 제외하고는 모든 관광객이 한국인이었다. 숨이 턱 막혔다. 얼른 여기를 벗어나고 싶었다.

하지만 가족 인증 사진 한 장은 찍어야지. 아까 오는 길에 가이드님이 촬영해 주시겠다고 했기 때문에 가이드로 보이는 분에게 부탁드렸다.

"저희 팀 아니잖아요?"

앗, 그러고 보니 우리 가이드가 아니다. 여행 성수기로 모래사막에 온통 데이 투어 팀 천지라 가이드도 여러 명이었다. 가이드들이 하나같이 검은 옷차림에 챙이 큰 등산 모자, 선글라스를 낀 패션이었기 때문에 누가 우리 가이드인지 분간이 되지 않았다. 사진 두어 장 찍어줄 법도 한데 자기가 담당한 팀이 아니라고 저쪽으로 가버렸다. 야속한 마음이 들었다. 어쩔 수 없이 아이들만 찍어줘야겠다고 생각하던 찰나였다. 극적으로, 3일 전 집결 장소에 사전답사 갔을 때 내게 망고 젤리를 주신 가이드를 만났다. 이분은 우리를 위해 흔쾌히 사진을 찍어주셨다. 쓰러질 것 같은 더위로 인해 사진 촬영에 전혀 흥미 없는 아이들을 다독여 찍었다(힘들어도 남는 건 사진뿐이다).

우리 관광버스가 있는 곳으로 가려면 다시 모래 썰매 업체의 작은 지프를 타고 이동해야 한다. 줄이 길어서 하염없이 기다리던 차에, 마침 우리 바로 앞에서 끊겼다. 풀이 죽은 상태로 계속 기다리는데 갑자기 현지 직원이 밧줄 안쪽으로 다시 줄을 서란다.

그랬더니 뒤쪽에 줄 서 있던 한국 여성들이 기다렸다는 듯, 쪼르르 줄을 옮겨 맨 앞을 차지했다. 그러고는 미안한 기색은 추호도 없이 생글생글 웃으며 서로 앞이 탁 트인 조수석에 앉겠다고 떠들어댔다. 정말 빠르다, 빨라. 아휴, 짜증 폭발 일보 직전이었다. 줄을 옮겨야 한다면 앞에 선 사람부터 차례차례 순서대로 옮기는 것이 당연지사거늘, 이 사람들은 설마 그걸 모르는 걸까? 안 그래도 뜨거운 태양 때문에 내 심장까지 익어버릴 것 같은데 질서와 배려의식이라곤 단 1%도 없는 이들에게 화가 났다. 현지 업체 직원은 이 상황을 매일 보고 겪겠지. 직원이 한국인을 어떤 민족으로 볼지 상상하니, 방금 느꼈던 짜증이 창피함으로 변했다. 우리가 다시 저들 끝에 서면 이번 지프가 아닌 다음, 아니 그 다음다음 지프를 타게 생겼다. 정말 어이없었지만, 또 당차게 따질 줄은 모르는 나.

꿰다놓은 보릿자루처럼 쭈뼛쭈뼛 서 있는데 기적처럼 구세주가 나타났다. 바로 아까 만난 망고 젤리 가이드였다. 가이드는 젊은 여성들에게

"이분들이 먼저 줄을 서 계셨으니 잠시만 뒤로 물러나 주세요."

하며 우리를 원래의 자리에 세워주고 줄을 정돈해 주었다. 패디스 마켓에서 단체로 맞춘 듯, AUS 마크가 크게 새겨져 있는 농구 티를 입고 있던 그녀들. 그 후로 같은 티를 입은 사람들을 마주칠 때마다 그녀들이 절로 떠올라 불쾌해졌다.

한적한 오크베일 동물원에 마지막으로 들러 호주 동물들을 재미있게 구

경한 뒤, 다시 시드니로 돌아왔다. 버스에 탄 사람들은 모두 한국인이었고 일사불란하게 움직였다. 우리는 버스의 맨 앞에서 두 번째 자리에 타고 있었다. 마지막으로 하차할 때, 딸은 아무도 비켜주지 않는 사람들 속에서 틈이 생기기를 한없이 기다리다가 맨 마지막에 나올 수 있었다.

"한국 사람들이랑 있을 때는 꾸물거리지 말고 빨리 행동해!"

딸에게 소리 지르고 말았다. 정말 못난 엄마다. 어린 딸이 안전하게 잘 나올 수 있도록 챙겨줘야 했는데, 당연히 바로 뒤따라 나올 줄 알고 그보다 어린 동생만 챙겼다. 명백히 내가 잘못해 놓고 우리 딸만 나무랐다. 행복하게 보내도 모자랄 시간에 아이에게 모진 소리를 해댄 나는 고개만 끄덕이고 있는 딸이 안쓰러웠다. 딸의 소중한 추억을 송두리째 짓밟은 것은 아닌지 걱정되었다. 이 아이에게 오늘 모래사막에서 신나게 썰매를 탄 경험, 귀여운 동물 가족들을 구경한 경험보다 막판에 엄마에게 혼난 일이 가장 먼저 떠오르면 어떡하지?

숨 가쁘게 돌아가는 상황에서 과연 어떻게 행동하는 것이 옳을까? 평소의 마음가짐대로 마냥 느긋하게 행동하다간 바로 뒤처진다. 대다수 한국 사람들이 급하고 빠르게 행동하니, 나도 그것에 맞게 행동해야 하는 현실이 싫다.

늦은 저녁으로 록스에 있는 카페에서 캥거루 스테이크와 캥거루 햄버거,

피쉬 앤 칩스^{Fish and Chips}를 먹었다. 호주에서는 캥거루가 인구수보다 월등히 많으므로 캥거루 고기를 먹는 건 일반화되어 있다고 한다. 소고기 같은 부드러움이 있으면서도 또 다른 느낌의 캥거루 고기였다.

각자 젤라토를 한 개씩 들고서 오페라 하우스의 야경을 감상했다. 번잡한 도심 한복판의 밤하늘에 별이 무수히 많이 있었다. 달과 수많은 별을 보며 상했던 기분을 날려버리고, 우리 딸에게도 진심 어린 사과를 했다.

"엄마가 챙겨주지 못하고 화만 내서 미안해."

"내가 더 잘 행동할게, 엄마."

속으로, 차라리 아까 왜 그렇게 본인한테 화를 냈냐고 역정 내주기를 바랐다. 오히려 나를 다독이는 내 딸 지민아, 이 못난 엄마를 용서해 줘.

유종의 미,
본다이 비치에서

한국으로 돌아가야 하는 날이 다가왔다. 내일이면 아름다운 나라 호주를 떠나야 하므로 오늘이 실질적으로 관광할 수 있는 마지막 날인 셈이다.

아침에 노스시드니 주변을 한 바퀴 둘러보고 오늘내일 먹을 식량만 간단하게 장을 봤다. 오는 길에 호주의 '올리브 영'이라고 할 수 있는 '케미스트 웨어 하우스^{Chemist Ware House}'를 발견했다. 후후, 너 참 잘 걸렸다.

여태껏 나를 위한 기념품은 사지 않았다. 아이들을 위한 퍼즐과 원 카드 몇 종류를 사준 게 전부다. 호주는 여름이었지만 습하지 않은 쾌적한 날씨로 인해 피부가 건조하게 느껴졌다. 그러므로 나의 소중한 피부를 보호할 화장품을 꼭 사야 한단 말이다. 할인 폭이 큰 크림 네 개와 프로폴리스 치약 한 개를 구매했다. 지금 굳이 필요한 걸 꼽자면 크림 한 개 정도지만, 왠지 더 사야 유종의 미를 더 잘 거둘 수 있을 것 같다.

쉬엄쉬엄 아침 겸 점심을 먹고 낮 12시가 되어서야 나섰다.

달링하버에 있는 해양박물관을 갈까, 본다이 비치에 갈까 망설였다. 그

래도 시드니에 왔으면 본다이 비치에 가야지! '본다이'는 원주민 어로 '바위

에 부딪혀 부서지는 파도'다. 이름만 들어도 어떤 비치인지 궁금해진다.

　가는 길은 늘 그랬듯이 그리 어렵지 않았다. 구글 맵에 의존하여 빅토

리아 크로스^{Victoria Cross}역까지 가서 379번 버스를 타고 본다이 정션^{Bondai}

^{Junction}에 도달했다.

　조금 걸어가니 사진으로만 봐 왔던 본다이 비치가 우리를 반겼다. 에메

랄드빛도 아닌 것이 푸른빛도 아닌 것이, 그 아름다운 빛깔을 내 빈약한 어

휘력으로는 도저히 표현할 수 없다. 눈부시게 아름다웠다.

　아이들은 곧장 바다로 들어가 파도를 맞으며 놀기 시작했다. 온 세상을

다 가진 양 행복하게 놀고 있는 그들을 보고 나도 모르게 웃음이 났다. 결혼

할 즈음, 네 명의 자식을 낳겠다고 호기롭게 다짐했으나, 첫 아이를 낳는 순

간 '네 인생은 외둥이다!' 못 박아 버렸다. 초산에 자연분만이다 보니 출산하는 과정이 정말 힘들었고, 마취과 레지던트의 실수로 막판에 무통 주사의 부작용까지 경험했으며, 출산 후 내 몸은 망가질 대로 망가졌던 탓이다. 하지만 순하고 착한 딸 덕에 욕심을 갖게 되었다. 우리 딸에게 내가 줄 수 있는 최고의 선물은 동생이라고 생각했다. 아들 육아는 예상보다 훨씬 험난하다는 게 함정이긴 하지만, 지금 물장구를 치며 세상에서 가장 행복한 함박웃음을 짓는 저 둘을 보고 있자니 두 명 낳길 참 잘했다는 생각이 든다.

호주의 해변에서는 귀중품을 돗자리에 그냥 두고 수영하러 가도 아무도 가져가지 않는다고 들었다. 하지만 여권이며 지갑을 넣어둔 배낭을 두고 나까지 바다로 들어가기에는 불안했다. 비록 작은 돗자리에 앉아 짐을 지켜야 하는 보초병이었으나 마음만큼은 덩달아 파도를 즐긴 기분이었다.

본다이 비치의 명물 아이스버그 수영장Bondi Iceberg Pool에 가 보자. 이곳은 해수를 받아 수영장으로 이용하는 곳으로 수영 좀 한다는 사람들은 시드니에 오면 한 번쯤 들르는 곳이다. 아이들이 파도 즐기기와 모래 놀이를 번갈아 하는 동안, 잠시 아이스버그 즈음까지 다녀오기로 했다. 본다이 비치를 바라보며 수영하는 기분은 어떨까. 남편과 함께 왔다면, 나는 분명 본다이 비치에서도 파도를 즐겼을 테고 이곳에서도 물개처럼 수영했을 테지. 천진난만한 아이가 되어 자유롭게 놀고 싶은 마음이 굴뚝같지만, 내게 주어진 현실을 받아들여야 한다.

시드니 동쪽의 해변은 바다를 바라보며 산책할 수 있도록 코스탈 워크 Coastal Walk가 조성되어 있다. 백만 불짜리 경치를 즐기면서 걸어볼까 하다가 아쉬움을 뒤로 하고 곧장 아이들에게로 향했다.

비치에서 3시간 이상을 놀고 허기가 져 더는 놀 수 없는 상태가 되자, 아기 새 두 마리는 먹을 것을 찾기 시작했다. 그래, 외식이다! 본다이 비치에 온 것을 기념하려면 해산물이 제격이지. 본다이 로드 씨푸드Bondi Road Seafood에 가서 피쉬 바스켓Fish Basket, 새우튀김을 마음껏 먹었다. 마지막을 기념하며 아이들이 먹고 싶다는 요리를 인심 후하게 시켜 주었다. 본다이 일상을 바라보며 먹는 해산물의 맛은 최고였다.

맛있게 배를 채우고 이제는 돌아갈 시간이다. 그냥 호텔로 가기에는 너무나도 아쉽다. 333번 버스를 타고 써큘러키에 들렀다. 젤라토와 아사이볼을 하나씩 들고 마지막 시드니의 야경을 즐겼다. 행복하다. 행복하다. 행복하다.

시드니에서 나는···。

시드니는 역시 시드니였다. 다시 간 그곳에는 볼 것도, 할 것도, 관광객도 많았다. 20여 년 전, 하버 브리지는 직접 건너보지도 못하고 오페라 하우스 부근에서 잠깐 봤다. 커다란 관광버스에 실려가 블루마운틴의 세 자매 봉을 봤고, 어디에선가 양털 깎기 쇼를 봤고, 또 보통의 패키지 여행객들이 갈 법한 커다란 기념품 가게에 들러 양 태반 크림을 샀다. 당시 동물원에서 코알라와 캥거루를 봤겠지만 전혀 기억나지 않는다. 4박 6일의 여행이 끝나자 호주에 대한 단편적인 기억의 파편들은 금방 잊혔다.

세월이 지나 다시 와보니, 예전에 내가 본 시드니는 빙산의 일각, 아주 조그만 얼음 조각만큼도 아니었다는 걸 알게 되었다. 그때는 분명 별 감흥을 느끼지 못했다. 웬걸! 시드니의 매력을 알면 알수록 다채롭다.

다른 도시들에 비해 바쁜 인상을 받긴 했다. 시내는 수많은 사람으로 북적였고, 어딜 가나 활발한 분위기였다. 하지만 번잡함 속에서도 그들은 내게 웃음을 잃지 않았다(단, 우리 호텔 뻐드렁니 여자 직원은 제외다).

로라 마을에서 본 코카투

무엇보다도 색감이 선명했던 도시였다. 파란 바다, 새하얀 구름, 상앗빛의 오페라 하우스와 더불어 모든 도시의 풍경이 생생했고 강렬했다. 물감색으로 비유하자면 그 어떤 이물질도 섞이지 않은 쨍한 파란색이었다.

시드니만의 풍경, 장소, 기운이 있었다. 갔었던 모든 곳에서의 새로운 경험은 내게 활력을 주었다. 예의 없는 여행객들의 행동으로 심히 불쾌했었던 포트 스테판 투어조차도 돌이켜 생각해 보니 다 추억이다. 데이 투어는 그날의 날씨, 교통상황, 함께한 멤버에 따라 얼마든지 달라질 수 있는 것 같다.

내게 시드니에서의 9박은 아쉬웠다. 시간만 허락한다면 두세 달 지내면서 시드니의 변두리 지역도 구석구석 탐방해 보고 싶다. 조만간 다시 방문해 미처 방문하지 못했던 곳들을 모조리 가 보리라.

귀국일이 다가오는 어느 날, 페리에서 가졌던 나만의 힐링 타임은 내 인생 최고의 휴식으로 기억될 것 같다.

귀국 당일 오전에 록스의 한 아트갤러리에 들렀다. 주인이자 아티스트인 Max Mendez씨는 몇 달 전 서울의 인사동을 방문해 그린 스케치를 내게 보여 주었다. 삐뚤삐뚤 정성스럽게 그려 나간 한글 간판을 보니 흐뭇한 미소가 절로 지어졌다. 그의 한국에 대한 관심이 참 고마웠다.

호주 국가 문장[8]이 그려진 접시, 호주 앵무새^{Cockatoo, 코카투}가 그려져 있는 텀블러, 호주에 자생하는 동물들이 익살스럽게 표현되어 있는 퍼즐, 본다이 비치와 그곳을 즐기는 사람들이 유머러스하게 그려진 퍼즐을 구매했다. 접시와 텀블러는 지금까지도 실생활에서 유용하고 알차게 사용하고 있는

8   호주의 여섯 개 주와 영토를 상징하는 방패와 캥거루, 에뮤, 유니언 잭 등이 결합된 공식 문장

아이템이다. 접시는 블루베리나 체리 같은 과일을 '예쁘게' 담을 때 이용하며 식기세척기에는 절대 넣지 않는 소중한 애장품이 되었다. 텀블러는 매일매일 직장에 가지고 다니고 있다. 아이들은 호주여행에서 돌아온 즉시 1,000조각 퍼즐 완성에 심혈을 기울여, 한 달도 채 되지 않아 무려 세 개의 퍼즐을 다 완성해 버렸다.

시드니는 내게 가장 강렬한 인상을 준 도시였다. 여행의 모든 나날이 찬란하고 행복했다.

록스의 아트갤러리 Squidinki의
아티스트 Max Mendez씨와 함께

여행을
되짚어 보는
시간

앤 스트리트를 걷는 사람들

#브리즈번

　귀국행 비행기에서 밤을 보낸 후 아침 7시경 인천공항에 도착했다. 유종의 미를 잘 거둔 것에 감사하며 입국 게이트를 나서는 순간, 우리 셋 다 입을 다물지 못했다. 하나밖에 없는 우리 남편이 귀국 환영 팻말을 들고 서 있었던 것. 사전에 전혀 상의가 없었던지라 꿈에도 예상하지 못했다. 남편이 한국으로 돌아오는 우리를 맞이하러 꼭두새벽부터 지방에서 인천공항으로 온 것이다. 진심으로 고마웠다.

　한국에 돌아온 나는 조금 더 부지런해졌다. 이전까지만 해도 출근 시간을 맞추기 위해 서두르던 나였다. 겨우 일어나, 아이들의 등교준비를 도와주고 헐레벌떡 직장으로 달려갔다. 이제는 달라졌다. 브리즈번에서의 상쾌했던 아침을 떠올리며 새벽 6시 전에 눈을 뜬다. 아이들에게 학교에서 잘 지내라는 당부를 잊지 않고 전한 후, 보통 출발시간보다 10여 분 일찍 차분히 집에서 나선다. 서두르지 않아도 되어서 좋다. 일개미 군단같이 줄지어 가는 많은 차 사이에서 조마조마하지 않아도 되어서 좋다. 하루하루 신나게 영어 채널을 들으며 천천히 출근한다.

처음에 호주라는 나라에 대해 품었던 의심은 언제 그런 생각까지 했을까 싶을 정도로 싹 사라졌다. 언제 어디서나 눈이 마주치면 누가 먼저랄 것도 없이 서로 먼저 인사하고, 상대가 이방인이든 현지인이든 개의치 않고 배려해 주는 도습에 감동했다.

"Thank you. Sorry. No worries."
(고마워. 미안해. 괜찮아)

문화적 차이인 걸까. 호주에서는 가장 많이 들었던 이 간단한 세 문장을 어째 우리나라에서는 듣기 쉽지 않다. 상대방에게 배려를 받았으면 미소나 눈인사라도 고마움을 표현하는 게 마땅하지만, 오히려 당연한 듯 받아들이고 쌩 지나가는 사람이 많다. 크건 작건 피해를 주었을 때 사과는커녕 빤히 쳐다보는 사람도 봤다. 내가 배려를 받아 고맙다고 말하면 눈길을 피하고 멋쩍게 가버리는 사람들 역시 많다. 감사합니다. 미안합니다. 괜찮습니다. 이 다섯 글자 말하기가 그렇게 매우 부끄럽고 번거로운 것일까?

많은 호주인이 우리 아이들에게 관심을 보여주었던 경험은 절대 잊지 못할 것 같다. 한국에서는 어디 나들이라도 가면 아이 단속하느라고 진땀을

쭉쭉 뺐다. 천진난만한 웃음과 장난스러운 행동이 행여나 남에게 피해를 줄까 봐 항상 노심초사한 상태였다. 정작 사람들이 별생각을 하지 않았다고 하더라도 사회적 분위기 탓에 괜히 아이들을 잡도리했던 것 같기도 하다. 이들은 아이에게 관대했다. 선을 넘지 않는 귀여운 행동을 정말 사랑스럽게 바라봐 주었다. 먼저 웃으며 다가와 아이에게 친절하게 말을 거는 사람들. 아이라는 존재를 '순진무구한 작은 생명체'로 생각하는 그들의 생각에 감동했고, 감사했다.

더불어 우리나라도 아이들의 왁자지껄한 웃음소리와 활발함을 용인해 주는 사회 분위기가 조성된다면, 어렸을 때부터 어른들로부터 따뜻한 시선을 받고 자란 이들이 그 따뜻함을 후손들에게 베풀어 주는 선순환을 지속한다면, 현재 대한민국에서 심각한 사안으로 대두되고 있는 저출산 문제에 조금은 도움이 되지 않을까 감히 생각해 본다.

호주는 축복받은 나라다. 아름다운 자연환경과 오직 호주 대륙에서만 서식하는 많은 희귀 동물은 나를 순수한 동심의 세계로 이끌었다. 티 없이 맑았던 어린 시절로 되돌아간 것 같은 착각이 들게 했다.

동물 보호구역이라는 단어는 내게 생소한 단어였다. 여태껏 한국에서는 대중적인 동물 보호소를 경험해 보지 못했기 때문이다. 호주에서는 명칭에 동물원 대신 '보호구역'이라는 용어를 붙인 곳이 많다. 입장수익금의 일정 부분을 멸종위기 동물의 자생과 치료에 힘쓴다고 한다. 천혜자연을 보호하

려는 노력을 심도 있게 기울이고 있다는 점 또한 본받고 싶다.

　나는 평소 일회용품을 쓰지 않는다. 자연을 위해 배달음식을 일절 먹지 않으며, 카페에서도 테이크아웃하지 않고 무조건 머그컵에 먹는다. 하지만 동남아시아 국가를 여행할 때면 어쩔 수 없이 일회용 플라스틱 용기에 담긴 물을 사 먹어야 했다. 플라스틱 뚜껑을 열 때마다 죄책감을 느끼곤 했다. 특히 호주에서 마음에 들었던 점은 곳곳에 있던 음수대였다. 언제 어디서든 물을 마음껏 마실 수 있었다. 한국에서도 텀블러를 항상 소지하고 다니는 터라 물병을 가지고 다니는 일이 전혀 불편하지 않았고, 불필요한 쓰레기를 만들지 않아도 되어서 마음이 편했다.

줄서기로 유명한 한국의 한 가게에서 거대한 스티로폼 상자에 젤라토를 포장해 주는 걸 보고는 '이렇게까지 과대포장을 해야 하나.' 하고 마음이 참 아팠던 적이 있다. 이제 플라스틱 혹은 스티로폼 용기 안에 가득 차 있는 음식을 볼 때면 속이 쓰라리다. 호주의 카페에서 빵이나 샌드위치가 플라스틱 통에 포장되어 있는 것은 한 번도 보지 못했다. 빵, 샌드위치는 그 자

체로 켜켜이 쌓여 있었고 주문이 들어오면 종이에 담아주는 형식이었다. 자연에 심각한 위협을 끼치는 재료 사용은 우리나라뿐만 아니라 전 세계적으로 심각하게 고찰해 볼 사안이다. 나 한 명 개인의 노력으로는 절대 해결할 수 없는 과제다.

여행하면서 보고 즐긴 것도 많고 평소에 관심 있었던 환경문제에 대해 더욱 진중하게 생각하게 된 계기가 되어 매우 의미 있는 호주여행이었다.

'레오 리오니^{Leo Lionni}'의 『Frederick』은 내 인생 동화책이다. 언뜻 보면, 주인공 프레데릭이 현실을 직시하지 못하고 노는 것처럼 보인다. 하지만 책장을 넘길수록 예상 밖의 전개가 펼쳐진다. 다른 들쥐들이 열심히 곡식을 모을 때, 그는 햇빛을 받으며 감상에 젖어 있다. 그렇게 내내 햇살, 색깔, 이야기를 모았던 프레데릭은 자기만의 방식으로 삶을 이루어 나간다. 나중에는 추위에 힘들어하는 들쥐 친구들에게 이야기보따리를 풀어줌으로써 따스한 도움을 준다. 나는 프레데릭을 닮고 싶다. 물론 여태껏 내 삶을 열심히 잘 살아왔기에 가능한 생각일 수도 있겠다. 풍경의 색채를 마음껏 담고 싶고 그 안에서 상상의 나래를 펼치고 싶다. 강렬한 태양의 한 줄기 빛에서 따스함을 느끼고 싶다. 무엇보다도 내 안의 많은 이야기를 자유롭게 펼쳐서 다른 이들에게 즐거움과 희망을 주고 싶다.

매 순간 프레데릭이 된 기분이었다. 깨끗한 자연과 동물을 보면서 감상에 젖었고, 그들만이 지닌 색감을 느꼈고, 내 안에 우리의 추억을 담았다. 어떤 티끌 하나 없이 순수한 도화지에 지민이, 선우와의 행복한 여정을 그렸다.

기나긴 여정에 함께 해 준 우리 아이들에게 감사한다. 부족한 엄마가 세상 최고 원더우먼인 줄 알고, 영어를 원어민처럼 완벽하게 잘하는 줄 아는 그들이다. 엄마의 빈약한 실체를 알게 될 날이 곧 올 테지만, 계속해서 이 작은 생명체들의 충실한 보호자가 되고 싶다.

그들이 여행을 통해, 이곳저곳을 직접 발로 찾아보는 노력, 새로운 곳에 호기심을 갖고 임해 보는 도전, 어떤 상황에서도 굴하지 않고 빛을 발할 용기를 얻었길 바라본다. 그리고 앞으로 펼쳐질 내 아이들의 건실한 미래를 응원하고 싶다.

호주에 다녀온 이후, 단단히 사랑에 빠져버렸다. 한국에 돌아오자마자 다음 방학여행으로 호주행 항공권을 끊었고, 이번에 제대로 가지 못했던 골드코스트와 멜버른을 계획에 넣었다. 겨울의 호주는 어떤 모습일까.

Summer의 방학여행은 계속된다.

로즈 베이의 놀이터

#시드니

오페라 하우스로 가는 길의 한 까페

#시드니

키리빌리 지역의 주택들

아이들의 건실한 미래를 응원하며

#골드코스트

우리의 방학여행은 계속된다!

#블루마운틴 링컨스락